재벌가
망나니
입니다만?

재벌가
망나니
입니까만? 1

초판 1쇄 인쇄일 2019년 12월 19일 | **초판 1쇄 발행일** 2019년 12월 24 일

지은이 초촌 | **펴낸이** 곽동현 | **담당편집 팀장** 이범수
편집부 정요한 홍현주

펴낸곳 (주)조은세상 | 출판등록 제2002-23호.
주소 경기도 연천군 미산면 청정로1355
TEL 02)587-2966 | FAX 02)587-2922
E-mail bukdu@comics21c.co.kr

초촌ⓒ2019
ISBN 979-11-6432-636-5 | ISBN 979-11-6432-635-8(set)
값 8,000원

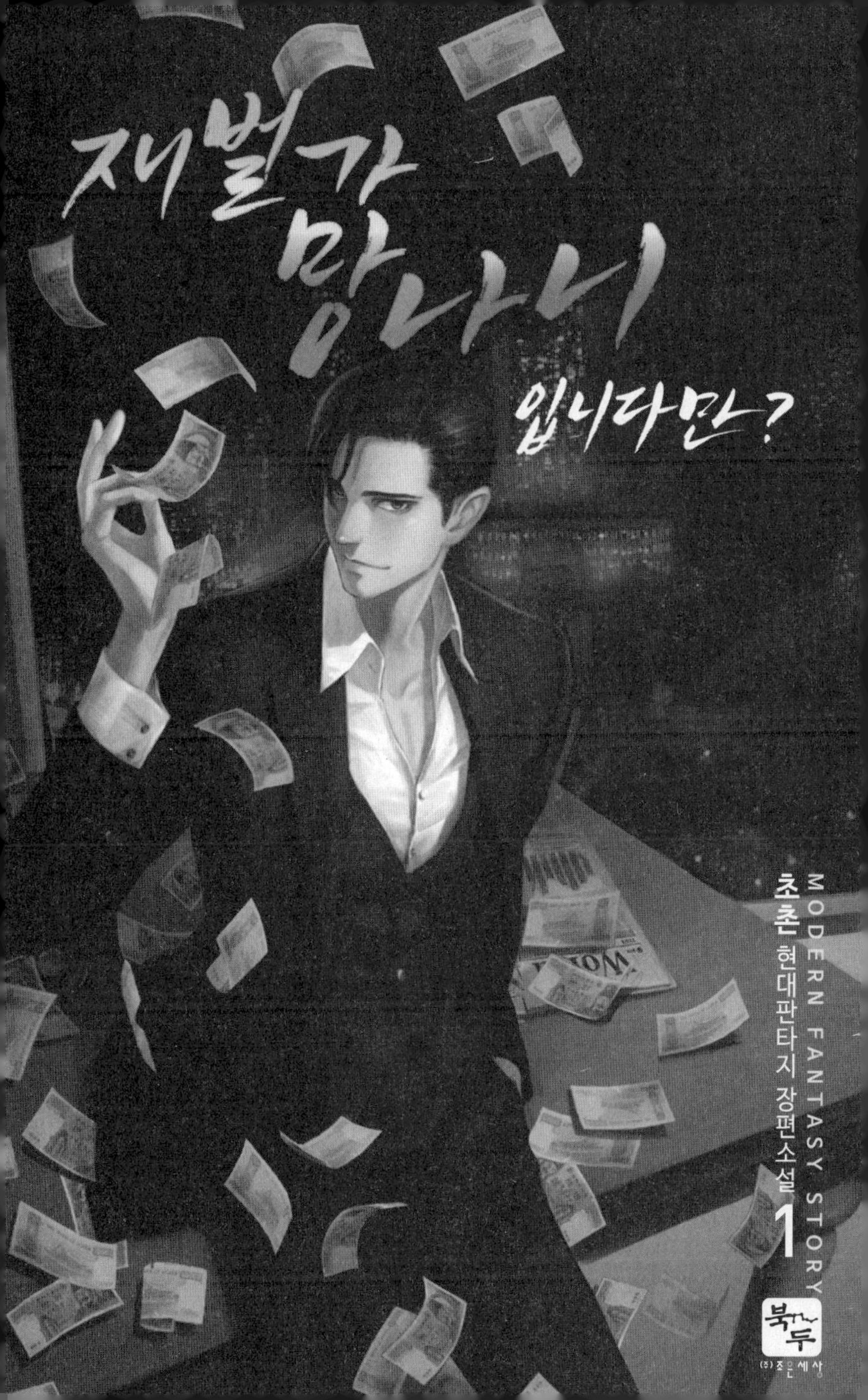
재벌가 망나니
입니다만?
MODERN FANTASY STORY
초촌 현대판타지 장편소설
1
북두
(주)조은세상

초촌 현대판타지 장편소설

MODERN FANTASY STORY

CONTENTS

초촌 현대판타지 장편소설

MODERN FANTASY STORY

CONTENTS

Chapter 1. 망나니의 회귀

쿠당탕탕.

-이, 쒸바가!

-으악!

-이, 이사님!

뉴욕 맨해튼의 중심부.

센트럴파크가 아래로 내려다보이는 110년 전통의 플라자 호텔 펜트하우스에 때 아닌 소란이 벌어졌다.

6평짜리 일반실도 하룻밤 숙박비가 무려 백만 원을 호가하고 센트럴파크라는 입지 조건과 가진 유명세에 따라 해마다 수많은 셀럽이 찾아와 묵는 수준을 고려하더라도 이런 유의 소란은 결코 벌어져선 안 될 일이었지만, 벌써 30분째 비명성이 그치지 않았고 그럼에도 불구하고 누구 하나 달려오는 사람이 없었다.

"……"

"……"

확실히 자연스러운 모습은 아니었다.

그리고 자연스럽지 않은 건 파탄과 반발과 저항을 불러오게 마련이다.

석상처럼 문앞을 지키는 두 명의 경호원에게도 마찬가지였다.

움찔움찔.

비명성이 커질 때마다 그중 한 명의 주먹에 힘줄이 돋고 미간에 주름이 늘어 갔다.

중년의 노련한 경호원 김충수는 옆, 아까부터 안색이 좋지 않은 젊은 이주원을 다독였다.

"행여나 관심 끊어라. 네 일이 아니다. 주원아."

"……"

"경솔한 행동은 큰 후회를 불러온다. 경호원은 눈 닫고 귀 막고 입이 없다."

"……"

"명심해라. 넌 경호원이다."

"……알고 있다고요."

알고 있다고 말하지만, 표정은 반항과 더러움, 자괴감 그
자체였다.

"알고 있으면 탈부터 깨끗이 해라. 경호에 사적인 감정이
들어가서 되겠나. 딱 버텨라."

"후우~ 후우~."

아슬아슬한 경계에서 한숨을 내쉬는데 김충수는 한발 더
나가 그에게 임무까지 상기시켰다.

"경호원의 처음이자 끝은 대상의 안전이다. 우리 존재 이
유는 오 이사님인 걸 잊지 말아라."

"아, 씨바."

터졌다.

"이주원!"

"엿 같아서 못 다니겠네."

"너 인마. 왜 그래?!"

"돈 때문에 이 짓을 하고 있긴 한데…… 인간적으로 여기
이러고 저 새끼 지키는 게 맞는지 의심스럽습니다. 실장님,
아무리 그래도 이거 너무한 거 아닙니까?"

"그만."

"씨바, 무슨 큰 잘못을 했어도 그렇지. 사람이 사람을 저렇
게 잡아도 됩니까? 고작 샌드위치 하나 때문에 벌써 얼맙니
까?"

김충수도 한숨을 내쉬었다.

"그만해라. 오 이사님께서 맨해튼에 오실 때마다 한 번도 빼먹지 않고 드시는 샌드위치를 대령하지 못한 건 사실이잖나. 비서실에서 실수한 건 인정해야지."

"아니, 사러 안 갔냐고요. 갔는데 하필 오늘따라 6번가 뉴욕미술관 앞 그 위대한 샌드위치 가게가 휴점인 거잖아요. 그게 어떻게 비서실 잘못이냐고요. 여기 상시대기 하는 것도 아니고."

"……."

한마디도 지지 않고 따지는 이주원을 보는 김충수는 입맛이 썼다.

'석 달인가? 이번엔 꽤 오래 버틴다 했더니.'

길면 한 달, 짧으면 며칠 만에 사람이 바뀐다.

오 이사 지근거리는 오래전부터 유명했다. 그룹사의 대기 발령지로.

누구든 오기만 하면 열흘을 넘기지 못하고 사표를 던지니까.

리미트 없는 행패는 도를 넘은 지 오래.

사실 누가 와도 버티기 힘들었다. 그 덕에 김충수도 실장 타이틀을 달고 이렇게 필드에서 뛰어야 하는 신세가 됐지만.

그러니까 석 달이나 버틴 이주원은 꽤 아까운 인재였다. 아마도 저 안에서 쥐 터지는 비서도 마찬가질 테고.

김충수는 마지막으로 이주원의 관심을 돌리려 하였다. 사람을 다시 채우는 건 그룹에서 할 일이지만 그걸 궤도에 오를 때까지 가르치는 건 자신이었다.

"지금 중요한 건 눈앞에 그 샌드위치가 있냐 없냐가 아니라 준비의 문제다. 일정이 정해졌다면 비서실에서 미리 파악해 놓고 적절한 조처를 해야 했어. 그리고 이건 우리가 관여할 문제가 아니다. 우린 경호원이고 경호만 신경 쓰면 된다. 그것만 명심해."

경호원은 경호만 잘하면 된다.

다른 게 뭐 필요하겠나.

경호할 때만큼은 기계가 되어야 하고 사이코패스가 되어 대상을 지킨다. 이것저것 환경 따지고 기분 따지고서는 아무 것도 할 수 없는 게 이 일이다.

김충수는 이주원이 그러길 바랐고 웬만하면 그만두지 않고 아주 오래오래 다니길 원했다.

하지만 이주원은 이미 그럴 생각이 없었다.

"실장님은 경계의 구분이 아주 잘되는가 보네요. 근데 어쩌죠? 안에 저 인간은 그런 경계가 없는데. 아시잖아요. 나도 몇 번 당한 거. 그리고 실장님도 이러시면 안 되죠. 아까 황 비서가 땀 뻘뻘 흘리며 뛰어온 거 보셨잖아요. 인근을 죄다 뒤져서 샌드위치란 샌드위치는 다 들고 온 것 같던데. 씨발, 내가 또 무슨 소귀에다 개소리를 나불대고…… 그냥 관두면 되지. 요즘 세상이 어떤데 사람을 패고 지랄이야."

"이주원, 그게 무슨 무례한 언사냐. 그만하지 못해?!"

"실장님도 참 불쌍하시네요. 어떻게 저런 걸 20년이나 보고 사셨어요? 여기 들어올 때만 해도 이제 좀 인생이 풀리나 싶었는데…… 씨바, 신우그룹 타이틀 때문에라도 웬만하면 참고 살려고 했는데 저 새끼가 안 도와……."

콰쾅.

그 순간 문이 부서질 듯 열리며 안에서 부르는 소리가 들렸다.

"김 실장, 빨리 들어왓!"

"아, 넵."

얼렁뚱땅 들어간 펜트하우스 내부는 엉망이었다.

집기는 온통 널브러졌고 탁자엔 반쯤 먹다 남은 술잔이, 바닥 카펫엔 술병이 떨어져 꼴깍꼴깍 술을 뿌리고 그 옆엔 슈트 상의와 넥타이가 헝클어진 채 굴러다녔다.

이부자리는 흐트러져 있고 각 맞춰 걸어 놨던 그림들도 삐뚤빼뚤, 소파도 한쪽으로 밀려 있고…… 무엇보다 단전에 두 손을 공손히 모은 중년의 남자 옆, 사람 하나가 이미 곤죽이 되어 쓰러져 있었다.

아주 살벌했다.

"이 새끼 끌어내!"

"네?"

"내 말 안 들려?! 이 새끼 끌어내라고!!"

"아, 알겠습니다."

허둥지둥 붙는 김충수 때문에라도 이주원도 같이 붙어야 했다.

실신한 황 비서를 어떻게 들쳐 업었는데.

"그 새끼 저기 허드슨강에다 던져 버려. 알았지?!"

"네?"

"아니, 저 개새끼를 그냥 보내면 내가 아니지."

업힌 놈을 또 사정없이 팼다.

김충수는 더 버티다간 진짜 사달이 날 것 같아 얼른 밖으로 나갔다. 이주원도 덩달아 나가 문부터 닫았다.

"이주원! 빨리 엘리베이터 잡아."

"……."

"아, 뭐 해?! 황 비서 죽는 꼴 보고 싶어?!"

"……."

급한 마음에 소리쳐도 대답 없는 이주원을 김충수가 돌아보았다.

그는 펜트하우스 문을 보며 부들부들 떨고 있었다.

"이주원!"

"씨발."

당장에라도 뛰어 들어갈 듯 몸이 벌벌 떨린다.

김충수가 서둘러 이주원의 팔을 잡았다.

"고개 돌려! 황 비서부터 구한다."

"좆까! 이 씨발새끼야~!"

급작스러운 일이었다.

팔을 쳐낸 이주원이 문을 박차고 들어갔다. 품에서 권총을 빼 들었다.

"이 개새꺄! 니가 사람이냐?!"

"뭐야?! 이 새끼는. 너 이 새끼 죽고 싶어?! 어디서 총을 들이밀고 지랄이야."

"씨발놈아. 우리가 짐승이냐. 왜 기절한 사람을 때려. 니가 그러고도 사람이냐."

"야! 김충수. 이 새끼 끌어내. 경호하라고 불렀더니 누구한테 총을 겨눠?! 뭐 저딴 새끼가 다 있어. 김충수. 내가 말했지. 저런 아비도 없는 후레자식은 곁에 두는 게 아니라고. 어서 끌어내!"

"뭐 후레자식?!"

분격해 총을 더욱 앞으로 겨누지만, 이주원은 결국 쏘지 못했다.

"넌 쏘지 못해, 등신아. 그거 쐈다간 하나 남은 네 어미도 무사하지 못할 테니까. 근데 말이야. 낄낄낄낄. 넌 이미 엿된 거야. 감히 나한테 총 겨누고 무사할 거란 생각은 없겠지? 넌 끝난 거야. 두고 보라고. 어떤 일이 벌어지는지. 낄낄낄낄."

"……."

우뚝 멈추는 이주원이었다.

"김충수. 너 뭐 하냐. 어서 끌어내지 않고."

"이주원. 총 내려놔라. 그거 내려놓고 조용히 나가라."

"실장님."

"그래, 주원아. 침착해."

"이 씨발새끼가 우리 엄마도 괴롭히겠대요."

"아냐. 그러지 않을 거야. 오 이사님은 그런 분이 아니셔."

"뭐가 아니야. 그 엿 같은 년 지금 사당에서 건물 청소하고
있지? 내가 다 알아. 자, 앞으로 어떻게 할까? 거기 건물마다
똥부터 싸질러 줄까? 날마다 매일매일. 아님, 새벽에 지나가
는 거 퍽치기나 해 줄까. 묻지마 폭행 같은 거 있잖아. 에이,
그건 좀 약한데. 저기 서울역 노숙자들에게나 던져 줄까. 걔
들 여자라면 사족을 못 쓴다던데."

"이 개새꺄!!!"

이주원이 총구를 머리 쪽으로 겨눴다.

당장에라도 쏠 듯 부들부들 떠는데도 상대는 두렵지 않은
지 입을 멈추지 않았다.

"낄낄낄낄, 재밌겠어. 아들이 보는 데서 강간당하는 맛. 그
다음엔 어디로 보내 줄까? 거제도? 그것도 짜증 나면 서해바
다 물고기도 괜찮겠지. 모자가 같이 한시에 죽는 것도 나쁘지
않겠네. 그 정도는 내가 관대하게 허용해 주지."

"이, 이, 이⋯⋯."

"왜 인마. 어쩌라고? 캬하하하하하하하."

"이주원!"

"쏴 봐. 쏴 봐 이 쓰레기 같은 새꺄. 캬하하하하하!"

"이 악마 같은 새끼야. 죽어라~악."

"오 이사님!"

탕!

"어."

배 속으로 뭔가 뜨거운 게 지나갔다.

스윽 내려다보니, 셔츠에 검은 점이 하나 보인다. 가운데에 조그만 점이 하나 찍혔는데 거기에서부터 피가 점점 배어 나온다.

"어."

나 지금 총 맞은 거야?

이주원을 보았다.

"저 개새끼가 진짜 쐈네."

털썩.

"오 이사님~."

"이사님!"

김충수와 하제필이 달려들었다.

손으로 배를 막고 난리 치지만 피는 계속 흘러 주변을 적셔 가기 바빴다. 그럴수록 온몸에 맥이 빠져 몸이 늘어진다.

근데 참 희한하다.

번잡스런 고통보다는 새벽녘 뒷동산에 오른 것 같이 정신이 고요해지고 가슴을 찍어 대던 거대한 못 하나가 빠진 것처럼 심장이 후련하다.

기묘하다.

악다구니도 나오지 않고 마음이 착 가라앉는 게 진정제를 한 통 다 맞은 것 같기도 하고.

그러면서도 동시에 허망한 느낌이 든다.

죽음에 대한 두려움이 아니었다. 다만 겨우 여기까지 살려고 모진 목숨을 이었나 싶은 게 좀 민망했다.

"씨바, 어이없네."

게다가 죽을 때가 되면 주마등이 인다더니.

나도 똑같이 눈앞으로 지난날이 막 지나간다.

그 삶이 또 자기 마음대로 나를 정의한다.

루저, 외톨이, 찐따, 쓰레기, 막장, 개막장, 시궁창, 돼지우리, 씹창……

어떻게 해도 안 되는 삶이라 도장 찍는다.

몇 대째 공덕을 쌓아야 될까 말까 한 재벌 3세로 태어나고도 제 뜻 한번 실어 펴지도 못하고 약간의 절제를 못 해 자기 손발 다 자른 등신이라 하였다. 또 그걸 괜한 사람들 탓으로만 돌리다 끝장낸 못난 놈이라 하였다.

하 중의 하. 최하.

어이가 없었다.

나도 억울했다.

그 끝이 겨우 여기일 줄 누가 알았냐고.

나도 잘하고 싶었다. 그런데 기회조차 안 주는 걸 어떻게 하냐고. 젊을 적에 사고 몇 번 친 거로 아예 숨통조차 막아 버렸는데 날더러 어떻게 하냐고.

나도 정말 억울했다.

어떻게 조금만 하면 될 것 같은데 허락을 안 한다.

어떤 기획안을 올려도 쳐다도 보지 않는다.

봉투도 뜯지 않고 쓰레기통으로 직행한 기획안만 다섯 개를 봤다.

그중 세 개는 실행만 했어도 대박 성공이었는데…….

억울해서 그랬다.

끓어오르는 분기에 몸을 맡기지 않으면 삶을 난도질해 대는 광기에 미쳐 살지 않으면 피 토하고 죽을 것 같아서 그리 살았다.

나보고 더 이상 어쩌라고.

그냥 죽었어야 옳은 거냐?

"어떻게든 살……아 왔는데 씨바, 고작 여기가 끝이라고? 그 끝에서 기껏 원한 게 죽음이었다고?"

우와~~~ 진짜 어이없다.

아니라고 외쳐 보지만, 진즉 억울해서 날뛰어야 할 가슴은 왜 이다지도 침착하고 평안한지 모르겠다.

"누가…… 날 좀 죽여 주소. 낄낄낄낄, 쿨럭쿨럭."

말 더 하고픈데 피만 토한다.

"오 이사님!"

"빨리 앰뷸런스 불러!"

"놔둬. 씨바. 쿨럭쿨럭."

근데 확실히 배때기가 지독하게 아픈 것 빼곤 너무 편안하다.

이대로 끝내도 아쉬울 게 없다 싶을 만큼, 죽음을 앞두고도 이렇게 편해도 되나 싶을 만큼 정말 편안하다.

이러면 스스로 죽음을 원했다는 걸 인정하는 건데…….

억울하게도 억울한 마음도 안 든다.

나…… 진짜 죽길 바란 모양이다.

"쿠쿠쿠쿠쿠쿡. 쿨럭쿨럭."

그리고 이 상황이 너무 우스웠다.

"씨바, 겨우 총알…… 한 방에 멈출 광기였어?"

세상을 태우고 지구를 멸망시킬 것처럼 굴었는데 손톱보다도 작은 콩알 한 방에 눈 녹듯 사그라질 줄은 정말 몰랐다.

배신감 쩐다.

아니, 사실 이게 제일 허무했다.

그토록 지랄발광하던 삶이 겨우 허무에 불과하다는 게 너무 비참하였다.

한 줌 가치도 없는 것에 시간을 내맡기고 또 그것이 세상 전부인 양 굴고 걱정하고 충고하는 눈빛들을 비겁하다 못 박고 가슴에 못 박고 또 박고 끊임없이 박고.

"부끄럽게……."

열등감, 소외감, 박탈감 외 가진 게 없는 삶의 종말이 이렇게 비참한 거였다.

그냥 끝. 그냥 허무.

허무 개그도 아니고 그냥 허무.

근데 왜 하필 이제서야 히말라야 고승급 깨달음이 온 걸까. 누구 놀리는 것도 아니고.

살며 이토록 맑은 정신을 맞이해 본 적도 없는 것 같다.

"다 끝나서 지랄은…… 쿠쿠쿠쿡."

하여튼 운명의 장난은 엿 같기 그지없었다. 씨바.

"허무하네. 쿨럭쿨럭."

"오 이사님……."

이주원을 보았다.

새끼가 아까와 같은 기백은 어디에다가 던져 버리고 덜덜 떨기 바쁘다.

등신 새끼.

"쿨럭쿨럭. 놔둬…… 저 새끼도 놔주고."

"하지만."

"이건 내가…… 총 가지고 장난질…… 하다가 오발 사고

난 거야. 알았지? 그리고 너."

"……네."

"씨발아, 쏘려면 대가리를 쏴야지. 쿨럭쿨럭. 헤드샷 몰라? 고통 없게. 그동안 먹고 살게 해 줬는데 양심이 없어."

"이, 이사님……."

"울지 마. 씨발노마. ……니가 죽인 사람…… 앞에서 무슨 개…… 같은 짓이냐. 저리 꺼져. 개스키야."

욕할 기운도 없다. 시야도 점점 깜깜해지고…….

이게 죽는 건가 보다.

"김충수, 하제필."

"네, 이사님."

"이사님."

만난 지 20년이 됐는데도 여전히 내 곁에 있는 놈들.

이놈들에게 뭐라도 말을 해 주고 싶은데.

힘이 없다. 힘이 없어.

"잘살……."

쿵.

그 순간 시간이 정지된 것처럼 모두가 멈췄다.

그리고 말도 안 되는 일이 벌어지기 시작했다.

나도 아득해져 가는 감각이 되살아나며 시야도 다시 밝아 졌는데, 무엇을 어떻게 할 새도 없이 곁에 있던 김충수, 하제필 이 먼지처럼 사라지고 눈앞 풍경은 일렁일렁 보이는 모든 게 봄날 아지랑이처럼 흔들리더니 하나씩 하나씩 바뀌어 갔다.

"뭐, 뭐야?!"

벌떡 일어났다.

술과 내 피에 얼룩진 옅은 브라운 계통 카펫이 이스탄불 그랜드바자르에서 산 싸구려 카펫처럼 붉고 조잡스럽게 물들고 벽에 걸린 현대 미술작가의 형이상학적인 그림들이 액자째로 전혀 다른 팝아트 계열로 바뀐다. 옆면에 걸린 타임스퀘어 사진도 흑백의 할리우드 스타 포스터로 교체되고 뉴욕 양키스 단체 사진이 새롭게 나타나 떡하니 시선을 사로잡는다.

모든 게 변해 갔다.

펜트하우스를 감싸던 베이지톤의 화사하고 따뜻한 분위기는 어디로 가고 작은 BAR를 구성하던 대리석의 세련되고 깔끔한 인테리어도 없어졌다.

먼지 풀풀 날릴 것 같은 구식 벨벳 커튼이 대신 나타났고 평면 TV가 브라운관 TV로 바뀌었다. 은은한 간접등이 사라지고 작은 샹들리에가 곳곳에 걸려 현란한 빛을 뿌린다.

이걸 고풍스럽고 표현해야 할는지…… 침대는 중세유럽풍이 됐고 단아한 실내도 온통 복잡하고 부산스럽고 날카롭고 답답한 스타일의 소품들만으로 채워졌다.

"이, 이게 왜 이래?!"

변한 건 환경만이 아니었다.

재벌가 막내아들 1

지난 20년 내 수발만 들다가 늙어 버린 하 실장이 어느새 저쪽에서 생기 넘치고 열정적이었던 시절로 돌아간다. 또 그 옆엔 사감 선생 포스의 딱딱한 서 실장이 묵묵히 자리한다.

"……서 실장?"

난 이 현상을 도저히 이해할 수 없었다.

눈 뜨고 꿈꾸는 것도 아니고 막 죽어 가던 시점이 아니던 가.

어떤 징조가 있었던 것도 아니고 그냥 죽는 중이었는데, 왜 이것들이 변했고 나는 또 왜 아무렇지도 않게 서 있고 하 실장은 왜 또 눈앞에서 웅크리고 있고 더구나 옆에서 잠잠한 서 실장은 이미 10년 전에 죽은 사람이었다.

설마 여기가 저승?

"도련님, 진정이 되셨습니까?"

죽은 사람이 말을 한다.

혹시 가짜인가?

"서…… 실장."

"새벽길부터 부리나케 달려갔는데 하필 오늘이 휴점이었습니다. 혹시나 주변에 수소문해 봤으나 아는 사람이 없어 이렇게 우리 도련님을 실망시켜 드렸습니다. 미리 챙기지 못한 죄, 용서를 구합니다."

도련님이란다.

돌이켜 보건대 내 인생에서 저 말을 내 앞에서 쓸 수 있는 사람은 오직 서 실장 하나다.

서 실장이 맞는데.

"어, 어으으웅."

"하 비서, 어서 용서를 빌게. 도련님께선 관대하시니 진심으로 사죄하면 용서해 주실 게야."

"죄, 죄송합니다. 다시는 이런 일이 벌어지지 않게 하겠습니다. 다시 한 번 기회를 주십시오. 기회를 주신다면 절대로 실망시켜 드리지 않는 하제필이 되겠습니다. 용서해 주십시오."

"……."

이게 어떻게 된 걸까.

만담처럼 오가는 대화에도 나는 이들의 말이 귀에 들어오지 않았다.

죽은 사람이 눈앞에 생생하다니.

저 하제필이 젊어지다니.

김충수 외 1명은 아예 사라져 보이지 않고.

주변 환경도 완전히 변해 적응 안 된다.

당황을 넘어 심히 두려웠다.

"……알았어. 일단 나가 봐."

"역시 우리 도련님이 최고이십니다."

"감사합니다. 전심을 다 바쳐 충성하겠습니다."

쪼르르 나가는 저 두 사람의 뒤통수도 나는 낯설었다.

다시 주변을 천천히 둘러보았다.

여전히 변한 상태다. 눈을 비비고 볼을 꼬집고 뺨을 때려 보아도 한번 변한 것들은 다시 돌아가지 않았다. 아프기만 하고.

셔츠도 정상, 배를 까도 총상은커녕 흔한 주름도 하나 없다.

내가 꿈을 꿨던가?

"이게 어떻게 된 거야. 이게 말이 돼?"

말이 안 된다.

말이 안 되는데 너무 생생하다.

침대, 소파, 브라운관 TV, 포스터, 액자 모두 다 만져졌고 촉감, 냄새 모두 거짓이 아니었다.

이젠 좀 전이 진실인지 꿈인지 헷갈릴 정도였다.

"오늘 날짜가……."

습관적으로 휴대폰을 찾던 손아귀에 쥐어진 건 지포 라이터다.

"전화기가…… 으응? 이건 10년 전에 잃어버린 건데."

이상한 게 한둘이 아니다.

벽에 걸린 달력은…….

펜트하우스에 웬 달력? 근데.

[1988-04-01]

한 장씩 뜯어내는 달력이었는데 다시 봐도 1988년이었다.

"1988년이라고? 설마……."

TV를 틀어 보았다.

올레드 시대를 걷던 안목에 아날로그의 화질이 웬 말이더
냐.

내용은 더 가관이었다.

CNN도 아니고 언제 적 CBS 뉴스가 나불대고, 토크쇼에선
빌 코스비의 어설픈 몸짓에 방청객들이 자지러지게 웃는다.

어딜 틀어도 익숙한 게 보이지 않았다.

마구 틀다가 하킴 올라주원이 누군가를 깔아뭉개며 덩크
하고 보스턴의 로저 클레멘스가 오클랜드를 압살하는 장면
을 보고서야 TV를 껐다.

"이건 뭐……."

창밖 거리도 온통 각진 자동차만 돌아다녔다. 유선형의
잘빠진 모델은 한 대도 없었다. 건물에도 흔한 디지털 전광
판 하나 보이지 않고 손으로 그린 것 같은 촌스러운 광고판
만 몇 개 눈에 띄었다.

"내가 드디어 미쳤나?"

침대로 다시 돌아오는데 슬쩍 스친 거울에 멈칫, 서둘러
돌아가 보았다.

40대의 배 나오고 닳고 닳은 추레레가 아니라 볼도 팽팽하
고 늘씬한 어떤 녀석이 나를 야린다.

마이크 타이슨한테 턱이 돌아가도 이런 충격은 아닐 것이다.

"설마 나야?"

한 팔을 들어 올리니 따라 올라간다. 웃으니 이를 드러내며 웃는다. 나다.

"정말인가 봐. 이거 일이 진짜 이상하게 돌아가네. 점점 믿고 싶어지잖아."

거울 속 당돌한 녀석의 입꼬리가 사악 올라간다. 날 보고 웃는다.

옴마야! 내가 진짜 돌아온 거라면…….

"이거 진짜 보통 일이 아니네."

이 와중에 아까 하제필이 끓은 장면이 오버랩되며 기억을 들쑤셨다.

"어어……."

별안간 떠오른 기억이 맞고 지금 현재가 진실이라면 이곳은 샌드위치 때문에 난생처음 난리 친 장소가 분명했다.

플라자호텔 펜트하우스.

샌드위치 때문에 딱 두 번 난리 쳤는데 기억 못 하는 게 바보다.

"맞아. 무엇 때문인가에 심사가 뒤틀렸는데 하필 먹고 싶은 샌드위치를 대령하지 않아서…… 그 짜증을 하제필이 고스란히 받았는데……."

27

OH, MY GOD!

나 진짜 돌아온 모양이다.

돌아온 게 맞는데.

무슨 일인지 모르겠지만 어쨌든 돌아온 거다.

"세상에……."

이 시점, 굳이 이유 따윈 궁금하지 않았다.

아무렴, 세상에 존재하는 온갖 호화와 사치와 인간 군상을 다 지켜봤다고 자신한 나라도 전혀 이해 못 할 상황이라지만 결론적으로 나쁘지 않다는 게 내 공식적인 입장.

자그마치 20년이었다.

20년이나 홀랑 처먹고 무엇이 불만일까.

"대박. 대박! 대바아아악!!!"

주먹이 불끈 쥐어졌다.

꿈이라고 하면 진짜 죽여 버릴 것 같았다.

"아으으으, 살며 이렇게 살 떨리긴 처음이야. 이걸 무슨 수로 표현하지?"

거드름 피우는 전직 대통령 아들 작살 낼 때도 이것보단 아니었고 잦은 폭력으로 수십 명의 기자가 집결한 대검찰청 포토라인에 설 때도 이렇게 전율이 일진 않았다.

어느새 손에 쥔 샌드위치를 한입 베어 물어도 무는지도 몰랐다.

아이러니한 건 이 와중에도 탱글탱글한 소시지의 식감과

잘 구운 빵의 질감, 감미로운 소스의 풍요로움이 느껴진다는
사실이었다.

맛있었다.

"맛있다고?"

눈이 번쩍 뜨였다. 맛을 느낀 거다.

"현실감 쩌는데."

원하는 방향성. 이 맛이 꼭 과거로의 회귀를 증명해 주는
것 같았다.

샌드위치를 마구 욱여넣었다.

하나, 둘, 셋, 넷, 다섯.

가진 모두를 먹어 치울 때까지 멈추지 않았다.

"맛있네. 맛있어. 나쁘지 않아. 그냥 한 번이라도 먹어볼
걸 그랬나? 애꿎은 애들 갈구지 말고."

하제필이나 그 등신 비서나 왜 그렇게 사는지 모르겠다.

"근데 왜 이렇게 졸리지? 자고 싶지 않은데……."

행여나 자고 일어나면 돌아가 버릴까.

버티고 싶은데 솜이 물을 빨아들이는 것처럼 피곤이 몰려
왔다.

금방이라도 쓰러질 것 같았다.

"으으음, 고귀한 몸을 먼지투성이 바닥에 뉘일 수는 없을
노릇이지."

조금만 누워 있으려고 했다.

잠시 지나가는 졸음일 거라 생각했다.

하지만 푹신한 구스다운의 감미로움은 내 의지와 관계없이 온몸을 포옥 감싸며 졸음을 더욱 부추겼고 눈꺼풀은 자연스레 감겼다.

"안 되는데…… 돌아……가긴 시른……데 음냐, 음냐……."

머리가 베개로 툭 떨어졌다.

번쩍.

눈 뜨자마자 내가 가장 먼저 살핀 건 호텔의 인테리어였
다.

"여전히 구식이고."

손발도 젊은 시절의 생기로 가득하다.

두근거리는 마음으로 욕실로 가 전신 거울부터 봤다. 간
김에 발가벗고 살폈다.

"군살이 하나도 없네. 내 몸이 이랬었나? 쿠쿠쿡."

오히려 마른 편. 늘씬하기만 하고.

20년 음주가무로 축적된 뱃살은 없었다. 뛰어오르면 천장

31

에라도 닿을 것처럼 몸이 가벼웠다.

깨끗하게! 맑게! 자신 있게!

내가 정말 과거로 돌아온 모양이다.

젊은 시절로 돌아온 모양이다.

"세상에…… 후아~."

오천 원짜리 티 한 장만 걸쳐도 예쁨이 묻어나는 시절이라니.

명품으로 치장하지 않아도 귀했고 향수로 담배 냄새를 가리지 않아도 말끔해 보이던 시절.

눈으로 확인하고 나니 더욱 북받친다.

이 살결, 이 피부.

나에게도 온 세상의 축복이 희망처럼 불어닥치는 시절이 있었음을 난 그동안 까맣게 잊고 살았다.

난 왜? 왜 그토록 이 천금 같은 시간을 헛되게 보냈을까?

늙어 보니 알겠더라. 늙은이들이 어째서 이 파릇파릇한 젊음을 부러워하고 시기하는지.

청춘예찬은 질투에서 나온 망발이다.

"돌아온 거란 말이지. 정말 돌아온 거란 말이지? 이 오대길이가 20년을 돌아왔단 이 말이지. 이게 정말이란 말이지."

활력이 막 솟는다.

냉수로 이빠이 돌린 샤워기가 휘몰아쳐도 뼈가 시리기는커녕 오히려 개운하다.

펄펄 몸이 끓었다.

미칠 것 같은 전율이 일었다.

"쒸~바아아아알!"

어금니를 꽉 깨물고 두 주먹을 피가 새어 나올 듯 세게 쥐어도 참을 수 없는 환희.

온몸이 흔들리고 신음이 새어 나왔다. 이 환열은 세상의 것이 아니었다. 여기가 바로 천국이었다.

"쒸~발, 나 돌아왔다고오~~."

아무것도 하지 않았다.

물기도 닦지 않고 욕실 가운도 벗지 않고 멍하니 앉아 출입문만 바라보았다.

그냥 멍했다.

왜 그런지 모르겠다. 아니, 얼마나 이 상태로 있었는지도 모르겠다.

십 분? 아님, 한 시간?

저 출입문이 열리지 않았다면 나는 하루 종일도 가만히 있었을 것이다.

끼이익.

언제까지라도 굳게 닫혀 있을 것 같은 고동색 나무문이 열리며 내 눈에도 비로소 빛이 들어왔다.

"도련님, 깨어 계셨군요. 멋지십니다. 역시 새로운 곳에서의 새로운 시작은 기존과 다른 설렘을 동반하지요. 우리 도련님께도 오늘 아침같이 희망찬 하루가 매일 함께였으면 좋겠습니다."

기쁨 섞인 미소가 다가왔다.

서 실장. 서진명.

이 사람과 언제부터 함께였는지는 기억나지 않는다.

스스로를 남과 구별할 수 있을 때부터였던가. 아무튼 그때부터 서 실장은 늘 내 곁에 있었다.

웃을 때도 울 때도, 잘할 때도 못할 때도…… 상황에 상관없이 오직 저런 눈빛만을 던지며 나를 바라보았다. 늘 믿는다 해 주었다.

항상 내 편이었는데 나는 어째서 이런 사람을 부담스러워했을까.

저 시선에 눈치 보였고 저 말투에 괜히 주눅 들었다. 될 수 있으면 피하고 싶었고 만날 때마다 거북함을 느꼈다.

그래서인가 어느 날부터인가부터 나는 그를 멀리했다.

'나중에 알아 버렸지. 그를 잃고 나서야. 날 제어할 사람이 없는 걸 깨달은 순간 그가 주었던 게 함부로 굴어선 안 될 것 같은 제어감이었다는 걸. 저 단단함. 일가를 상대할 때마저 흔들리지 않던 고매함을 난 배울 생각을 못 했어.'

그를 드넓은 평야 가운데 탁 박힌 바위산처럼 거슬리고 쓸모없다고 치부했다.

쓸모없는 노인네 주제에 말만 많다고 욕했다.

그리고 그가 죽고 나서야 바위산이 사라진 평야는 그냥 평야일 뿐이라는 걸 알았다.

거슬렸던 바위산은 나의 기준점이자 출발선이었고 부모조차도 감싸지 못한 천둥벌거숭이가 누릴 이 세상 최후의 안식처였었다는 걸.

My secret garden. 그곳이 바로 서 실장이었음을 그때의 나는 몰랐다.

"서 실장."

"도련님, 오늘은 참으로 날씨가 좋습니다. 더더욱 희망차고 슬기롭게 하루를 시작할 수 있을 것 같군요. 식사는 호텔 식도 좋으나 간단히 요기만 하시고 점심에 좋은 레스토랑으로 가 보시는 게 어떨까 제안 드립니다. 근처에 솜씨 좋은 셰프의 가게가 있다고 하네요."

"……음."

"아직 시간상으로 여유가 있지만 원하신다면 오늘 일정을 브리핑해 드릴까요? 필수 일정이 있는 하루라 오로지 관광에만 할애할 수 없다는 걸 미리 알려 드립니다."

서 실장은 여전했다.

저 철두철미한 의무감은 대체 어디에서 출발한 건지 대체할 사람이 없다.

"오늘 날짜가 어떻게 돼?"

"으음, 4월 2일입니다."

"연도는?"

"1988년입니다. 온 국민이 염원하는 올림픽이 열리는."

올림픽이라니.

어쨌든 삐삐와 같았다.

"여긴 어디지?"

"뉴욕이죠. 센트럴파크가 훤히 보이는 플라자호텔 최상층. 펜트하우스라는 타이밍이 맞지 않으면 절대로 얻을 수 없는 부의 상징에 도련님이 묵고 계시죠."

씨익 웃는 그의 얼굴에서 자신감이 넘쳐났다.

위선은 1도 없다. 서 실장은 자기가 정말 자랑스러운 모양이었다.

"알았어. 알았다고. 그래서 오늘 할 일이 뭔데?"

"오후 2시에 뉴저지로 이동. 프린스턴의 존 팔머 학장과 면접이 잡혀 있습니다. 이후로는 비워 뒀죠."

"프린스턴…… 내가 여기 온 목적이 뭐지?"

"대학 졸업장이죠. 웬만하면 아이비리그 졸업장입니다."

"졸업장? 아아……."

이제야 어제 잠시 감돌았던 찜찜함의 원인이 기억났다. 고작 샌드위치 하나 때문에 하제필이를 잡은 진짜 이유.

'그렇군. 무시당했어.'

뉴욕대 면접 보러 갔다가 의례적으로 건넨 from KOREA

가 내 자존심을 건드릴 줄은 꿈에도 몰랐으니까.

KOREA? 그게 어디에 붙은 나라야?

너는 들어 봤어? 몰라. 처음 들어.

KOREA는 어떤 나라야?

몇몇이 묻는데 대답할 수가 없었다.

일본 옆이라 하기에는 자존심이 상하고 중국 옆이라 하기에도 기분이 더러웠다. 당황스러웠고 또 설명하자니 달리 내세울 게 하나도 없었다.

기본적으로 유색인종을 바라보는 백인들의 우월한 시선도 거슬렸고 무엇보다 북한이냐고 손가락으로 총처럼 겨누는 반쯤 노골적인 비아냥을 당하고 보니 정나미가 싹 사라졌다. 기어코 88서울올림픽까지 꺼내 들고서야 일부가 고개를 끄덕였지만 '그래서?'라는 눈빛도 처참했다.

그때 처음 알았다. 어떻게 해도 나는 겨우 그런 곳에서 태어난 놈이고 겨우 그런 놈에 불과했다는 걸.

태어나 처음으로 겪은 참담함이었다. 하필 그때 샌드위치가 터진 거고.

"거기 꼭 가야 해?"

"마음에 들지 않으시면 캔슬하셔도 무방합니다. 주변에 대학은 많으니까요. 하버드도 있고."

"아니, 꼭 여기 졸업장을 따야 하냐고?"

"그건……."

37

쿨함이 12차선 뻥 뚫린 고속도로와 같던 서 실장이 한순간이나마 더듬댄다.

이건 어머니 여사가 중점적으로 시킨 일이라는 소리다.

반드시 해내야 하는 미션 같은 것.

"얼마 꼬라박기로 했어?"

"네?"

"입학시켜 주는 대가로 얼마나 주려고 했냐고?"

"도련님."

"솔직히 말해 봐. 그걸 듣고 내가 받을 졸업장의 가치를 판단해 볼 테니까."

졸업장의 가치?

솔직히 말해 검색창 학력란에 한 줄 올리는 것 외 크게 덕본 적 없다.

동문?

나에겐 잊을 만하면 회비 내라고 메일 보내는 것들로밖에 보이지 않았다.

아이비리그?

우습다. 지들끼리 벽 쌓고 나불대는 족속들 따윈 지들끼리 놀라고 하면 된다.

지금 당장에라도 캔슬하고 싶었지만, 나는 우선 서 실장을 기다려 줬다. 그는 기다려 줄 자격이 충분히 있으니까.

대신 시선만은 떼지 않았다.

'괜찮아. 어서 말해 봐. 다 받아 줄게.'

그렇게 어제의 나랑 근본적으로 다른 오늘의 나를 느껴라. 충분히 느껴라. 냉큼 달려와 나를 봐라.

확실히 눈에 띄게 당황스러워한다.

티 없이 맑은 스무 살 때의 나는 솔직히 이런 유엔 관심도 없었다. 오직 여자와 유흥, 서열싸움이 다였다. 일생을 좌우할 일가의 흐름도 곁다리로 여길 때였으니 오죽하겠으련만 지금은 아니다.

서 실장은 내게 답해야 한다.

적응해라. 당신이 기대하는 팔푼이는 어제부로 사라졌어. 그리고 앞으로도 계속 달라지는 나를 보게 될 거야.

그 순간 뒷골로 전율이 짜르르 일었다.

어제와 다른 오늘. 앞으로 달라질 20년.

'세상에……'

이게 내가 가진 힘이었다.

온갖 풍파를 다 겪은 40대의 경험치는 어디 사라지지 않고 그대로 있다.

장난이 아니었다. 내 기억들. 내가 봐 온 것들만 잘 추려도 난…… 이제까지와는 전혀 다른 삶을 살 수 있었다.

그사이 서 실장의 눈이 서서히 꺾였다.

딱히 숨길 필요도 없는 일이긴 했다. 실력으로 들어가려고 이 먼 곳까지 날아온 게 아니니까.

"기부금 조로 학교엔 삼백만 불. 브로커와 담당 교수, 학장에 각 총 백만 불씩입니다. 물론 이건 무사히 졸업장을 따게 해 줄 때야 성립하는 금액이지요. 입학 땐 선수금으로 50%씩 지급됩니다."

"……도합 육백만 불?"

"네."

"내가 육백만 불의 사나이도 아니고 고작 졸업장 하나 따는데 그 정도라는 거야?"

"아이비리그가 워낙에 자존심 높아서 그렇습니다. 가만히 있어도 지원자가 넘쳐나니까요."

"배짱이라 이거지?"

"네."

더 물어볼 것도 없었다.

오든 말든 신경 쓰지 않을 정도라면 나에게도 의미 없었다.

그리고 돌이켜 보건대 내가 학교든 어디든 세상에 마음 못 붙인 것도 결국 이런 식의 출발이 문제인 것 같았다.

뭐든 공짜로 얻은 건 쉽게 싫증난다.

"돌아가자. 내가 지금 미국에서 얻을 건 아무것도 없어."

"네?"

"돌아가자고. 내일 당장."

◇ ◆ ◇

매서운 눈빛의 사십 대 여인이 나를 훑어봤다.

마른 체구에도 불구하고 흡사 호랑이를 마주하는 것 같은 압박감을 주는 여인의 이름은 나정희.

나의 어머니이자 현 신우백화점의 사장이었다.

좀 곤혹스러웠다.

다시 돌아온 나로서는 젊어진 어머니를 이렇게 마주하는 게 불편하면서도 신기했다. 그리고 또 굉장히 놀라웠다.

별로 안 무섭다는 것.

전에는 눈빛만 잘못 떠도 벌벌 떨었는데.

사나운 눈매, 차가운 이성, 두둑한 배포.

어머니는 대장부라 불리어도 과언이 아니었다.

아니, 대장부 여사님답게 가족들에게까지도 너무 강해 어머니임에도 나는 어머니를 어머니로 여기지 못했다. 홍길동처럼.

난 그녀 앞에 설 때마다 꼬리 만 강아지처럼 쭈그러들었고 그런 나를 어머니는 항상 못마땅해했다. 원인이 뭔지는 찾지 않으시고.

그러나 산전수전 다 겪은 사십 대의 눈에 든 그녀는 강단이 조금 더 센 여인일 뿐이었다.

'아이고 여사님, 이젠 그렇게 노려봐도 통하지 않습니다.

난 어제의 오대길이가 아니에요.'

"그냥 돌아왔다고? 그 일정을 다 캔슬 내놓고."

"네."

"무슨 생각이지?"

"딱히······는 없어요."

나도 혼란스러웠다.

모든 게 발달한 2008년에서 눈 깜짝할 사이 1988년으로 왔다. 이것저것 이점을 빼더라도 20년 차이가 주는 간극은 간단히 정리한다고 해결될 문제가 아니었다.

한국에 오는 내내 짱구를 굴려봐도 떠오르는 것도 없고 머릿속은 안개에 휩싸인 것처럼 뿌옇고 이렇게 젊어진 어머니와 대면해서도 궁색한 대답만 하는 것도 괜히 자존심 상하고 나이 먹고 이것밖에 안 되나 싶기도 하고 또 이러니저러니 심경이 아주 복잡한 상태였다.

"말투가 곱지 않구나. 그렇게 미국 유학이 싫더냐?"

"싫은 건 아니고요."

"어렵게 마련한 자리였다. 브로커 섭외하는 데만도 꽤 많은 자원을 소비했어. 다시 절차를 밟으려면 힘들다. 무슨 뜻인지 알지?"

"제게 그 정도로 필요한 일이었습니까?"

"필요한 일이다. 그리고 네가 할 일은 아이비리그 졸업장을 내게 가져오는 거다. 졸업장만 가져오면 이 어미가 모든

재벌가 막나니 *왕자확류7* 1

걸 다 해결해 줄 테니까. 그러니 잔말 말고 내일 다시 돌아가 거라."

"어제 들어왔는데 내일 돌아가라고요?"

"그래."

여전히 너무 단호한 음성이었다. 예전이라면 알았다고 고개 숙였을.

"……근데 어쩌죠? 어머니와 달리 전 별로 미련이 없는데."

"미련이 없다고?"

"아이비리그가 그렇게 중요한지를 모르겠다는 말씀입니다. 가서 배울 것도 없는 것 같고."

"허어…… 너…….."

날 한심하게 쳐다본다.

하긴 인생을 더 오래 산 그녀에겐 내 모습이 젊은 날의 치기로 보일지도 모르겠다.

그래도 상관없었다. 아이비리그에서 얻을 게 없을 거라는 건 이미 증명됐고 난 가기 싫고.

이런 나의 눈빛에서 뭔가를 발견했는지 어머니가 자세를 고쳤다.

"설마…… 대학을 가지 않을 생각이냐?"

"음…… 그것도 고민 중입니다."

"너, 이 어미에게…… 반항하고 싶은 거냐?!"

노려만 보던 어머니의 목소리에 힘이 들어갔다. 심기가

불편해졌을 때 나오는 특유의 제스처였다.

이럴 때면 나는 또 쭈그러들었고 넙죽 엎드린 채 죽는시늉만 하였다. 사십 평생 원하는 걸 한 번도 입 밖에 내보지 못한 악순환의 반복은 늘 여기서 시작됐다.

"반항은요. 고등학교 졸업장은 받았으니 좀 주체적으로 살아 보겠다는 건데요."

대답하면서도 씁쓸했다. 고작 이 한마디 하는 데 20년이나 거슬러 와야 했나 싶고.

어머니도 살짝 놀랐는지 차가운 눈빛에 당혹이 흘렀다. 말투도 더는 세지지 않았다.

"주체적이라고?"

"네, 주체적이요."

"독립을 말하는 거냐?"

"언젠간 하고 말겠지만 아직은 이르죠."

한국에 오면서 온전히 내가 쓸 수 있는 금액이 얼만 줄 알아봤다. 천만 원도 안 된다.

물론 같은 시기 비슷한 또래보다는 훨씬 윤택한 금액이지만 재벌 3세가 지니기에는 너무 보잘것없는 돈이었다. 아이비리그엔 6백만 불이나 투척하면서 말이다.

"주제는 잘 알고 있구나."

"그럼요. 아버지처럼 아주 잘 알고 있죠. 스스로는 아무것도 할 수 없으니까요."

"……."

나에게도 아버지는 있었다. 그리고 아버지 오정준은 밖에선 아주 잘나가는 사업가였다.

국회의원을 역임하신 조부 오만식의 후광과 더불어 한때 동화생명 황태자로서의 입지를 다진 적도 있고 대한민국을 좌지우지하는 대양그룹 계열사의 부사장급 명함까지 달았다.

그러나 실상은 그냥 데릴사위였다.

일반적인 데릴사위랑은 급이 다르다 뿐 나쁘게는 어쩌다 눈에 들어 누구도 들여다보지 않던 사나운 호랑이 막내딸을 덤탱이 쓴 대양가의 종마로 불리었고 조금 더 낮게는 실권은 없는 종이 인형이라 손가락질받았다.

그러다 보니 집에서도 기를 못 펴고 밖에 나가선 더 못 폈다.

나나 아버지나……. 이리 치이고 저리 치이다 끝나는 엿 같은 인생.

어머니도 이 부분에서만큼은 살짝 물러섰다.

남편 오정준에 관해서 만큼은 그녀도 달리 할 말이 없는 모양이었다. 세간에 돌고 도는 소문은 아무리 단단한 양반이라도 무시하긴 곤란할 만했다.

"……생각할 시간이 필요한 모양이구나."

"그렇죠. 전 지금까지 생각이란 걸 해 본 적이 없으니까요."

지금까지도 그랬고 앞으로도 20년 더 그래야 했다. 처음부터 끝까지 어머니가 세운 계획하에 움직여야 했고 다른 형제계열사들이 적당히 자식에게 물려주고 뒤로 물러설 때도 어머니는 십 원 한 장 놓지 않고 끝까지 자리를 지켰다.

결론적으로 이 양반은 자기가 아니면 안 되는 사람이다. 가까이 있는 죄다 피 토하게 하는 사람. 자식마저 등신으로 만드는 사람.

"말투를 고치거라. 끝물이 단단치 않은 건 좋지 못한 화법이다."

언제나 사랑은 아니었다. 포근함도 아니었다. 오로지 비즈니스만 남았다.

"알겠어요. 고치죠."

"……"

"……"

마침내 대화가 끊겼다.

끊긴 김에 난 이 대면을 일찍 끝내고 싶었다.

만나기 껄끄러운 건 나나 우리 여사님이나 매한가지일 테고 한층 기세가 수그러들었으니 나도 딱히 더 할 말이 없던 터라 빨리 방으로 돌아가 앞으로 어떻게 살까 다시 고민이나 하고 싶었다.

우리 호랑이 여사님이 느닷없이 이런 말을 던지지 않았으면 더는 머리가 복잡해지지 않았을 것이다.

"어쨌거나 돌아왔으니 너도 참석해야겠구나. 아니, 차라리 잘된 건지도 모르겠어. 분위기 정돈 봐 두는 것도 네 인생에 나쁠 게 없겠지."

"……네?"

"잊었니? 네 삼촌이 얼마 전에 뭘 선포했는지. 아마도 내일모레 회합에서 거기에 대한 결론이 날 거다. 일가로서 특별한 일이 없는 한 모두 참석이니 너도 그때까진 자중하고 있거라."

Chapter 3. 백 년에 하나 난다는 개망나니

"에엑, 뭐야? 미국 간다더니 그새 도망 온 거야?"

겨우 호랑이 굴에서 벗어났나 했다.

난데없는 시비조에 어떤 놈인가 하여 돌아봤더니 똑 단발
에 중딩 교복이 앞에서 나를 야렸다.

"민선이?"

네 살 차 여동생 오민선이다.

16살.

'그렇구나. 20년 전이니까 요 요악한 민선이 년도 겨우 중
딩이겠어.'

기가 막혔다. 나이가 들수록 어머니를 닮아 가는 요것 때

문에 고생한 게 얼말까. 요게 떡잎부터 이럴 줄이야. 아무래도 이 집안은 여자 남자가 바뀐 모양이다.

"뭐야? 고작 며칠 가 놓고 하나뿐인 동생도 못 알아볼 지경이 된 거야? 이거 중증인데. 어디 말도 해 봐. 버터처럼 느끼해졌나 보게."

네 살이나 많은 오라버니 턱을 붙잡고 이리저리 흔들고 손길에 도무지 존중이라는 개념이 없다.

"……."

절로 미간이 찌푸려졌다. 내가 요로케 산 모양이었다. 요런 꼬맹이한테까지 무시당하고.

손을 탁 쳐 줬다.

"그만해라. 쪼그만 게 오라버니 무서운 줄도 모르고."

"아야, 뭐 쪼그매? 사고뭉치 바보가. 누구더러 그만하래."

맞은 손을 살살 비비더니 이젠 눈까지 치켜뜨며 달려든다. 처음부터 이러진 않았을 텐데…….

주먹이 운다.

찌질이 비서한테처럼 속 시원하게 휘둘렀으면 좋겠지만 내 몸은 반응하지 않았다.

대신 전생에도 얘랑 얽혀서 좋은 꼴을 본 적이 없음을 상기하며 부드럽게 밀었다.

"오라버니 피곤하니까 썩 물러가라. 안 그래도 여사님이랑 한판 하고 오는 길이다."

"옴마, 네가 엄마랑 붙었다고? 제정신이야?"

오빠라고도 안 한다. 눈이 휘둥그레지며 내 몸을 이리저리 살피는 손길도 동네 머슴 만지듯 거침이 없다. 역시 난 모자라게 산 거다.

"처맞지도 않아놓고는 어디서 공갈은. 엄마 앞에선 눈도 못 뜨면서. 어딜 까불어!"

"그냥 좀 가라. 시끄럽게 하지 말고."

"어딜 가라는 거야. 여긴 내 집인데. 가려면 너나 가."

"에휴~ 내가 말을 말지."

가뜩이나 심란한데 중딩한테까지 밀리고 싶지 않았던 나는 얼른 화제를 돌렸다.

"아버지는?"

"회사 갔지. 삼촌이 회장님 되시고 요즘 뒤숭숭하다고 주말에도 뻘뻘대고 나가던데. 근데 왜 갑자기 아버지? 너도 빨리 어른 되고 싶냐?"

말투의 뉘앙스부터가 삼촌과 아버지의 격차가 심했다. 싸가지.

근데 아버지의 삶이 나와 다르지 않음이 왜 위안으로 다가올까.

"힘들……다시냐?"

"몰라. 심상치 않은가 봐. 엄마도 요즘 바짝 긴장하더라고."

"엄마가 긴장?"

"중요한 일이 있나 봐. 정 실장님 불러서 이것저것 준비 많이 하던데. 며칠 전부터 그랬어."

갑자기 이틀 뒤의 회합이 떠오른다.

"그게…… 그건가?"

일가가 총동원된다는 회합.

여기에 대한 기억은 난 없었다. 원래 이 시기엔 아이비리그나 돌아다니며 멋진 금발이나 찾는 데만 혈안이 됐으니까.

그러나 시간이 지날수록 어떤 일이 벌어지는지는 잘 알았다.

"설마……!"

"뭐? 뭐? 뭐 아는 거 있어?"

금세 뭐 주워 먹을 게 없나 달려드는 오민선을 보니 내가 이 시점, 이렇게 멍하게 시간만 축내선 안 되겠다는 신호가 들어왔다.

20년이나 회귀했는데 다시 어머니와 어머니를 등에 업은 동생에게 무시당하고 살까나.

"있긴 뭐가 있어. 넌 공부나 해이~씨."

"야, 야! 어디 가~."

끝까지 까부는 오민선을 도망치듯 깔끔히 무시해 준 나는 서 실장부터 찾았다. 서 실장이라면 이 일에 대한 개요 정도는 알고 있을 것이다.

콜을 받은 하 비서가 서 실장을 찾으러 나간 사이 방으로 돌아온 나는 습관처럼 TV부터 켰다.

막 고민이란 걸 시작해 보려는데 익숙한 노랫가락이 흐르고 가요톱텐 1위를 이선희가 받는 모습이 나왔다. 팡파르가 너무 커 다시 채널을 돌렸는데 이번엔 이미연이 바바리 남자 품에 안겨 초콜릿 먹는 CF가 나왔다.

"이걸 또 여기서 다 보게 되네. 신기한데. 내가 돌아오긴 돌아왔나 봐."

촌스럽긴 해도 늙어 버린 그녀들보단 앳된 게 좋았다. 저들도 저런 시절이 있었던 거다.

슬슬 재미 돋는다. 다른 채널로 돌려 봤다.

이번엔 작년에 당선된 보통 사람이 광주 시민 항쟁을 인정하는 연설을 메인으로 하는 뉴스 브리핑이 나왔다. 앵커가 예뻐 잠시 보다 눈을 돌리려는데 소련 고르바초프가 미국 레이건과 악수를 하는 장면이 또 나온다. 이걸 이따 9시에 알려 준다며 미녀 앵커가 들어가 버렸다.

"대단하네. 대단해. 고르바초프랑 레이건이라니 완전 전설인데."

그러고 보니 초등학교가 국민학교로 불리던 시절이었다.

국민교육헌장이 필수 암기 대상이었고 공산당이 싫은 이승복을 본받아 나도 언젠가 공산당을 만나면 '싫어요!'라고 외쳐 보려 다짐하던 시대였다.

어쩌다 민방위 훈련이라도 할라치면 전체 소등은 물론이고 끽소리라도 냈다간 파출소에 끌려가기를 다반사.

시골 할머니들은 경찰을 순사라 불렀고 군인이 제일 대우받던 시절이었다.

그리웠고 익숙한 냄새가 흘러 좋긴 한데 여기 어디에도 2008년은 없었다.

"방 꼬라지가 이게 뭐야? 세상도 그렇고 온통 바꿔야 할 게 너무 많아. 피곤해."

내 취향은 전혀 고려되지 않은 실내 인테리어.

모던의 단순하면서도 세련된 미니멀리즘을 추구하는 나로서는 도저히 감당할 수 없는 복잡미묘한 세계관이 나를 몰아댔다.

이런 걸 포스트모더니즘이라 부르나?

가구, 전자제품, 집기 할 거 없이 색상부터 모양, 디자인까지 각자 따로 놀고…… 이 1도 통일되지 않은 조악한 디자인 속에서 숨 막힐 것 같은 공황감이 들었다. 저 쓰레기통에나 던져질 못난이 삼형제는 왜 여기에 있는 건지.

"아냐. 방부터 싹 바꿔야지. 이대론 살 수가 없어."

머리가 질끈 아파 왔다. 돌아왔고 돌아온 건 맞는데 뭔지 모르게 아귀가 잘 안 맞는 느낌이다. 압력밥솥 잠금장치처럼 철컥! 맞아떨어져야 하는데 그러지 못한 느낌.

긴 듯 아닌 듯 맥을 잡지 못하고 짜증만 났다.

똑똑똑.

그때 노크 소리가 들렸다. 서 실장이 온 모양이다.

"들어와."

"도련님, 찾으셨습니까?"

단정한 옷차림의 서 실장이 들어오며 살짝 눈인사하였다. 마음 급한 나는 미간의 주름을 펴고 처음부터 진지하게 나섰다.

"물어볼 게 있어서 불렀어."

"말씀하십시오."

언제나 예의와 품격이 느껴지는 서 실장.

그에게 난 돌아온 뒤 가장 궁금했던 걸 물었다.

"단도직입적으로 말해 줘. 서 실장에게 난 어떤 사람이야?"

"네?"

"기탄없이 말해 봐. 내가 서 실장에게 어떤 사람인지."

"그걸 갑자기 왜?"

무슨 일 있냐는 얼굴이었다.

일일이 설명하기 귀찮았던 나는 일단 밀어붙였다.

"아씨, 그냥 답해 주면 안 돼? 이런 거 묻고 싶을 때도 있잖아. 서 실장은 이럴 때 없었어?"

"아아, 그런 종류라면 답해 드리기 쉽습니다. 네, 바로 대답해 드리겠습니다. 도련님은 저의 도련님이십니다."

"도련님은 저의 도련님? 그게 뭐야?"

"도련님이 도련님이죠. 다른 이유가 필요하십니까?"

"뭐 좀 색다른 표현 같은 거 없어? 맨날 듣던 소리라 감이 잘 안 오네. 그냥 정확히 날 어떻게 생각하냐고?"

"……."

또 고개를 갸웃대다가 날 유심히 살펴보는 서 실장이었다. 그러고는 뭔가 알겠다는 듯 미소 지었다.

"혹 주변 평판 같은 게 궁금하신 겁니까?"

"대충 알고는 있지만, 그것도 있고. 객관적으로 현재의 나를 알고 싶어. 내가 어떤 사람인지."

"흐음, 무슨 바람이 드셔서 이런 물음이 나왔는지는 모르겠는데…… 혹 이것도 유학을 포기한 사정에 포함되는 겁니까?"

"그럴 수도 있고."

"그렇다면 저도 쉽게 접근하면 안 되겠군요. 이거 오래간만에 도련님 앞에서 진지해지겠습니다. ……자, 어떻게 대답해 드릴까요? 듣고 싶은 대로 해 드릴까요? 아님……?"

"직관적으로 얘기해 봐. 미사여구 돌릴 것 없이 스트레이트로 깨끗하게."

"깨끗하게요? 정말 그런 걸 원하십니까? 그냥 신우백화점의 후계자이자 장래가 촉망되는 수재로 여기시는 게 어떨까요? 제가 보기엔 그게 가장 양호할 것 같습니다만."

"아니야. 제대로 알고 싶어."

"후회하실 텐데도요."

"후회 안 해. 들어야 할 건 들어……."

"그냥 쓰레기죠. 백해무익한 쓰레기……라 불립니다."

"에?"

순간 멍해졌다.

"정확히는 어떻게 이런 게 나 씨 일가에서 나왔을까? 이게 대체 누구의 피인지. 지 애비애미부터 3대째 조상까지 거슬러 올라가도 도무지 찾아볼 수 없는 망종. 백 년에 하나 나타날까 말까 한 개망나니라 불리며 철저히 외면당하고 있습니다."

"……."

이게 뭔 개 같은 소린지.

문제라는 소리는 몇 번 들었다. 지나가는 소리로 몹쓸 놈이라는 것까진 들어 봤다.

사고도 좀 치고 평범한 학교생활은 아니었으니 나도 양심이 있는지라 이 정도까진 용인할 수 있었다. 하지만 백 년에 하나 난다는 망종은 좀 아니었다.

기막힌 심정이 얼굴에 드러났는지 서 실장이 그럼 그렇지란 표정을 지었다.

"거 보십시오. 듣기 싫지 않습니까."

"……."

"그래도 어쩔 수 없습니다. 이왕지사 나온 말. 정확히 알고 가시는 것도 추후 성장에 도움이 될 테니까 계속 진행하겠습니다. 말마따나 더 떨어질 평판도 없습니다. 앞으로 올리기만 하면 되니 차라리 더 좋지요. 도련님, 걱정 마십시오. 앞으로 잘하면 됩니다. 파이팅."

포즈까지 취한다.

"……나 놀리는 거야?"

"그럴 리가요. 이건 어디까지 도련님이 원해서 알려 드린 것뿐이죠. 오로지 팩트!입니다."

"팩트……라고?"

"어째 억울하신 표정이십니다?"

억울했다.

"……아니, 그래도 그렇잖아. 좀 제멋대로 하고 다녔다고 망종이 다 뭐야? 아, 씨벌. 진짜 욕 나오네. 서 실장도 그래. 어떻게 그런 말을 막 할 수 있지? 나 망나니라며? 회까닥 돌아 지랄하면 어쩌려고?"

"그게 참 희한합니다."

"뭐가?!"

"밖에선 상종 말아야 할 망나니인데 가족에게만큼은 반푼이라는 겁니다. 중학생 여동생한테도 먹힐 정도로요. 아마도 사장님의 피를 일부 받아서 그런 거라 생각하고 있는데…… 하물며 저한테도 집니다. 이렇다면 말 다했죠."

"……."

내가 아까 오민선한테 눌린 게 단지 어머니 때문이 아니라는 소리였다.

나는 정말 개등신이었다.

"더 해 드려요?"

"아씨, 몰라. 모르고. 그렇다 해도 이건 좀 너무하잖아. 쌈질 좀 했다고 철저히 외면하는 건."

"정말 쌈질만 하고 다니셨습니까? 정말로 그렇습니까?"

정말로 그렇습니까?

언제 받아도 불안한 질문이었다.

"아니, 내가 뭘 어쨌……."

"일진 노름도 부족해 학생 하나를 왕따시키다 자살 직전까지 몰아갔고 며칠이 멀다고 사람을 줘패 깽값에, 술만 들어갔다 하면 기물 파손은 물론 폭행에 음주운전. 아니, 얌전한 미스코리아 애들은 왜 건드리고 다니십니까. 얼마 전엔 또 대마초 태우다 언론에 노출될 뻔하셨잖습니까?"

"내가…… 그랬다고?"

도저히 믿기지 않았다.

전혀 기억에 없는…….

"기억 안 나세요? 밖에선 그렇다 치더라도 가정부랑 하녀들은 왜 자꾸 건드리십니까? 도련님 때문에 걔들 나이가 오십 대로 올라갔어요. 그게 다인가요? 대체 얌전히 잘 있는 기사는 왜 때리고요. 그네들 입 막는 데 들어간 돈이 얼마나……."

"알았어. 알았어. 그만해. 그러니까 내가 개스키란 말이지?"

"적절한 표현이십니다."

"그래서 어머니가 날 미국에 보낸 거고. 이왕 놀 거면 안 보이는 데서 놀라고. 맞지?"

"그것도 옳습니다. 갑자기 머리가 좋아지셨나요? 근래 뵌이래 제일 날카로우십니다."

"하아……."

Chapter 4. 엑소더스의 징조

　내가 좀 유별난 건 알았지만, 솔직히 말해 이 정도일 줄은
몰랐다.

　'너도 참…… 떡잎부터 누렜구나. 대가리에 피도 안 마른
놈이 뭔 짓을 그렇게…….'

　이 시기의 난 고딩 졸업한 지 반년도 안 됐다.

　그런 놈이 남들 평생 가도 하나 저지를까 한 짓을 밥 먹듯
하고 다녔다.

　한숨만 나온다.

　'엥간히 좀 하지. 그냥 죽을 작정이었냐?'

　제어가 안 되는 불길은 남도 태우지만, 자신도 태운다.

이런 걸 어디에다 쓸까?

내가 나라도 멀리 치우고 싶을 것 같았다. 격식을 중히 여기고 품위를 생명으로 아는 일가라면 더더욱 그랬을 테고.

조폭도 성실해야 일을 주는데…… 더럽게 발랑 까진 어린 것까지 챙겨 줄 사회는 없었다.

글러 먹은 놈. 상종 말아야 할 놈.

20년간 변방으로만 떠돌아야 할…… 끝내 인정받지 못할 인생은 처음부터 그러했던 거다.

결국 내가 나를 목매달았다.

'누굴 탓하겠어. 직접 듣고도 믿기지 않는데.'

지금도 그랬다.

본능적으로 한 귀로 흘리려고만 했다.

'넌 정말 뒈져야 할 놈인 거냐? 40이나 먹은 숙성으로도 안 되는 거야?'

돌이켜 보건대 기회는 몇 번 왔다.

그때마다 반항하기 바빴고 뼈에 새길 충고를 차 버렸다.

오대길은 답이 없었다.

차라리 태어나지 말았어야 할 놈이었다.

'남 탓쟁이에 대책도 없는 놈.'

마음에 안 드는 건 모두 남 탓. 이것도 저것도 다 남 탓. 그냥 남 탓.

뒤틀린 심보는 약이 없었고 세상은 너그럽지 못했다. 둘 사이의 만남과 그 민낯이 처절하게 다가왔다. 그렇게 얻어야 했던 지독한 절망도.

누굴 탓하랴. 평생 남만 원망했지 스스로를 되돌아볼 줄 몰랐던 인생이.

'심심한 경의를 보내고 싶다. 씨발아. 돌아온 이상 쓰레기는 훠이훠이 물렀거라. 개스키야. 계속 그렇게 살 거냐?'

시원하게 욕이나 해 주고 싶었으나 입 밖에는 내지 않았다. 이제 다르게 살 거니까.

고귀한 나의 시작을 욕으로 도배할 순 없었다.

서 실장을 봤다. 무척 혼란스러워 보였다. 놀랐다고나 할까 어색하다고나 할까 이런 나를 유심히 관찰하기 바쁘다.

"뼈 아픈데."

가슴을 매만졌다.

"정말…… 아프십니까?"

"응, 마이 아파. 송곳으로 마구 찌르는 것 같아."

"오오, 드디어 반성입니까? 진정 기다린 보람이 있군요. 어쩜, 도련님의 오랜 방황도 이제 끝나려나 봅니다. 잘됐습니다. 참으로 잘됐습니다."

감동한다.

이게 눈시울까지 붉어질 일인가.

"오래 기다렸어?"

"꽤 기다렸죠. 며칠 전까지의 도련님은 기관총으로 두드려도 소용없는 방탄이셨으니까요."

"그 정도였어?"

"삼청교육대도 신중히 고려해 볼 정도였습니다."

"허어……."

대한민국의 조폭이란 조폭의 씨를 말린 거로 모자라 일반 인이라도 사고 치면 닥치고 끌려갔던 레전드까지 등장해야 했던가.

"나…… 돌이킬 수 있을까?"

"뭘 걱정하십니까?"

"내가 가진 것."

"그 이상은 모르겠지만 정해진 것만큼은 충분합니다."

"어머니가 인정하실까?"

"으음, 아직 거기까진 예단하기 어렵겠군요."

나도 안다.

어머니는 죽을 때까지 가진 걸 놓지 않는다.

70 먹어서도 여전히 인사권을 휘두르며 왕성히 활동할 여 장부.

이대로 간다면 하극상을 벌이지 않는 한 내가 뭘 해 볼 기 회는 없었다.

물론 여기에서 관둔다면 난 어여쁜 아들쯤은 달성할 수 있 겠지. 주는 대로 받으며 사회적으로도 건실한 사업가로서 성 장하며.

누가 봐도 부러울 만큼 평탄한 길이다.

평탄한 길.

근데 난 그게 체질적으로 싫다.

말마따나 백 년에 하나 날까 말까 한 개망나니인데 남들과 똑같은 길을 걸어서야 될까? 더구나 20년이나 거슬러 와서 고작 한다는 게 평탄한 삶?

에라이~ 씨발아. 애초 내 길은 정해져 있었다.

못 먹어도 GO. 하다 하다 안 되면 난 안 되나 보다 하고 콱 죽어 버리면 된다. 내가 씨벌, 언제부터 앞뒤를 따졌다고.

"서 실장."

"네."

"내일모레 회합하는 거 알았어?"

"……네."

"나는 왜 몰랐지?"

"죄송합니다."

맞먹던 자세를 접고 사죄하는 모양새부터가 자기의 판단도 들어가 있다는 얘기다.

"이거 말고 내가 더 모르는 게 있어?"

"네?"

"더 숨기는 거 있냐고?"

"그런 건 없……."

"내일모레 회합이 내가 생각하는 정도의 무게감이라면 몰라선 안 될 중대한 일 같은데. 아냐?"

"맞습니다."

"그러니까 그것조차 숨겼잖아. 다른 건 오죽할까 싶네."

"죄송합니다. 이 일은 사모님께서 함구하라 명하셨습니다. 유학 소속을 밟던 차라 특히나 조심하라 당부하셔서. 저도 그게 맞다고 봤습니다."

"학생은 공부나 하라고?"

"……네."

뻔히 보였다.

너는 공부나 해라. 나머지는 내가 알아서 하겠다. 이게 평소 어머니의 교육관이었다. 내 나이 삼십 먹어서도 사십 먹어서도 지속될 교육관.

하지만 서 실장이 이래선 곤란했다.

앞으로 거의 모든 일을 이 사람과 할 생각인데 하나하나 꼬치꼬치 어머니 귀에 들어가선 될 일도 안 된다.

서 실장마저 갈구는 건 싫었지만 할 수 없었다. 선을 그었다.

"실망인데. 서 실장은 내 사람이 아닌가 봐."

"네?!"

"정 실장같이 어머니 심복이었어? 내 옆에 붙어 날 감시하는."

"아닙니다. 절대 그런 일 없습니다. 이번 일은 이미 손에서 떠난 터라 어쩔 수 없었고…… 전 오직 도련님만 최선을 다해 생각합니다. 믿어 주십시오."

비굴하지도 추레하지도 않으면서 진심이 담긴 사과이나 개망나니는 뒤끝이 길었다.

"글쎄 말이야. 말은 그렇게 하면서 자꾸만 어머니랑 엮인 단 말이지. 내가 힘이 없어서 그런 거야? 아님, 똥인지 된장 인지 구분 못 할 어린 나이라서 그런 거야? 서 실장도 날 그 렇게 여기는 거야?"

"이전이라면 그랬겠지만, 오늘은 좀 제가 실수했다고 여겨 집니다. 다시 한 번 사죄드립니다."

다시 한 번 몸 쪽 꽉 찬 직구로 들어오는 사과를 던진다.

너무도 당당한…… 그래서 내가 아무리 망나니라도 무시 할 수 없는 힘이 느껴진다.

슬쩍 물러섰다.

"그래, 회합마저 숨긴 건 너무했어. 막산 내 잘못도 있긴 한데 지레 내 역량이 안 될 거라 판단한 건 좀 아니지."

"도련님 지금, 잘못까지 인정하신 겁니까?"

뭔 소린가 했는데, 서 실장이 순간 휘청였다.

"세상에…… 언제 이렇게 성장하셨습니까? 잘못을 인정하 실 줄 아는 인격까지 다다르셨다니. 제가 너무 도련님을 띄 엄띄엄 봤군요. 도련님을 제대로 파악하지 못한 죄. 이건 감 봉 6개월짜립니다."

칭찬인지 멕이는 건지.

근데 나도 서 실장이 이렇게 흥분하는 건 처음 봤다.

"아, 아니, 그게……."

"뭐든 시켜 주십시오. 제가 할 수 있는 일이라면 무엇이든 하겠습니다. 이 서진명이 한다면 하는 사람입니다. 도련님, 뭐가 필요하십니까? 말씀만 하십시오. 목숨이라도 내놓겠습니다. 어서요!"

"……."

확 몰아치는데. 씨바, 기백으로 밀려 버렸다.

진짜 자기 목숨을 끊을 것 같았다.

소름 돋았다는 게 진심.

일생에 단 한 사람 믿을 사람을 꼽으라 한다면 두말없이 서 실장을 꼽을 테지만 이런 식의 충성은 나도 생소했다.

난 그저 포지션의 재확인과 확고한 정립을 원했을 뿐인데…….

"……."

쿠쿵. 쿵덕쿵덕.

그러나 아이러니하게도 이 순간 내 심장은 터질 것 같은 희열을 맛봤다.

절로 어금니가 물리는 전율.

이때 알았다.

내가 원한 것. 내가 원한 것의 실체.

수천 명에 둘러싸여 있으면서도 빈곤에 허덕였던 가슴이, 너무도 쉽게 떠나보내야 했던 위대한 충정을 목말라했다.

다시는 얻을 수 없을 거라 여겼던 뜨거움.

눈물이 울컥, 차오르는 열락에 몸이 떨려 왔다. 나는 필사적으로 스스로를 진정시켰지만 내 손은 이미 그의 손을 덥석 잡았다.

'이것만으로도 당신이 내 옆에 있어야 할 이유는 충분해. 서 실장, 앞으로 20년, 30년 함께하자고.'

"도련님……."

도원결의도 아니고 환갑을 향해 달려가는 중노인의 손을 붙잡는 행위는 좀 아니었지만 어쨌든 난 지금 무척 만족했다.

더 잴 것도 없이 본론에 들어갔다.

"서 실장도 알겠지만, 이틀 뒤 회합은 내 일생을 두고도 크게 영향을 끼칠 일이야. 맞지?"

"결론적으로 맞습니다."

선선히 인정하는 모습 속에서 나도 비로소 확신이 섰다.

'그랬어. 내 예상이 맞았어. 바로 이날 모든 게 정리된 거야. 우연이 아니야. 차근차근 준비된 시나리오였어. 젠장.'

손이 다 떨려 왔다.

거대그룹의 미래가 바로 이틀 뒤에 결정된다.

그리고 2년 후부터 시작되는 약 10년간의 엑소더스.

회합은 그 시기와 규모를 결정하는 자리였다.

다시 어금니가 악물렸다.

'까딱 잘못하다간 예전 꼴 당한다.'

솔직히 시간이 더 있었으면 좋겠지만 이미 결정된 사안.

내가 있든 없든 회합은 진행된다. 전생처럼 없어도 말이다.

아마도 많은 준비가 이뤄졌을 것이다. 구성원 각자의 이익에 걸맞게 알아서 탁탁 교통정리도 끝났을 테고.

'그러니까 이틀 후란 말이지. 대양…… 대양…… 대양…….'

상황을 정리한다.

대양그룹.

1938년 창립 이래 그야말로 대한민국의 역사와 함께 걸어온 명실공히 최고의 기업이다.

가진 계열사만도 수십 개, 사장급만 45명. 사원 수는 25만이 넘어간다. (2008년 기준)

매출액은 또 어떨까.

기업 하나 매출이 대한민국 GDP의 25%에 달했다. 막대한 자본이 정·관·민에 가리지 않고 흘러들어 갔고 방방곡곡 모세혈관 수준으로까지 장악, 나라를 뒤흔드는 영향력을 행사하였다.

시간이 흐를수록 대양의 구조는 공고해져 갔다.

마침내 나라 하나를 휘어잡았고 대양은 그걸 기반으로 다국적 기업집단으로 변모, 세계적으로 이름을 떨친다.

그런 기업의 창업주가 작년에 졸했다.

흔들리기는커녕 무덤에 깐 잔디가 채 뿌리 내리기 전에 2대 회장이 제2의 창업을 선포하며 기선을 제압했다.

그리고 이틀 뒤 일가의 총회합이 열린다.

여기서 내가 할 수 있는 게 뭘까?

무엇으로 망나니를 타개할까?

당장에 수많은 방법론이 오갔지만 시원하게 뚫어 줄 만한 건 하나도 없었다.

시간은 촉박하고 가진 건 없다.

평판마저 좋지 않다.

아무리 좋은 방법도 시기와 타이밍이 맞지 않으면 오히려 반발만 불러온다.

게다가 이미 삼남인 삼촌이 회장직에 오른 상태.

무능하다 못해 쫓겨난 장남을 제치고 미리 독립한 차남도 그의 적수가 아니었다. 일찍이 후계자로서 입지를 탄탄히 구축한 그에게 시답잖은 일로 도전하는 건 섶을 지고 불에 뛰어드는 것과 같은 형국.

억지는 억제당한다. 그리고 상대는 이미 제2의 창업을 발표했다.

게임 셋.

"제2의 창업은 거창한 비전 발표가 아니야."

"네?"

속뜻은 분명했다. 아버지가 죽었으니 구시대는 물러가고 자신을 따르는 새 시대만이 살아남을 거라는 일종의 경고.

"싹 물갈이되는 거지."

"물……갈이요?"

실제로 3년 내 그런 일이 벌어진다.

창업공신이든 뭐든 대양그룹 내 잔재하던 고인물들이 이 시기에 싹 쓸려내려 갔다.

아버지 오정준도 어머니의 후광이 아니었다면 한직이나마 자리를 유지할 수 없었을 것이다. 어쨌든 신우백화점이 독립하고부턴 잘렸지만.

"너무 늦었나?"

"……."

실제로 손댈 게 없었다.

레이아웃은 끝났고 남은 건 짜투리 땅뿐인데.

그것마저 여의치 않았다.

"아니야. 아직은 늦지 않았어."

"……."

이틀이라면 48시간이고 그 시간이라면 유럽도 다녀올 수 있다.

시야를 넓게 봐야 했다. 상황을 더욱 세세히 봐야 했다. 내가 하필 이 시점에 돌아온 이유. 그걸 찾아야 한다.

"원하는 것과 원하지 않는 것, 필요한 것과 필요하지 않은 것을 분류하고 이 중에서 선택과 집중을 해야 해. 어중간하면 죽도 밥도 안 된다."

"도련님⋯⋯."

내가 살 길. 3대째인 내가 파고들 수 있는 틈.

그 틈을 찾아야 내가 산다.

씨바, 한 일 년만 더 일찍 오지. 그러면 어떻게든 다른 결과물을 만들어 냈을 텐데.

할아버지 회장님이 죽지 않았다면 변수는 얼마든지 생산 가능했다. 확고한 후계자가 있더라도 말이다.

하지만 만일은 없다. 만일은 메이저리그에도 없고 올림픽에도 없고 월드컵에도 없다.

이미 2대째 회장이 취임했고 그 양반은 자신이 가진 걸 십분 활용할 줄 아는 사람이다.

돈으로 압살시키든 산 채로 바다에 빠뜨리든 지금 잘못 건드렸다간 다 돼진다.

나라 하나를 대양왕국으로 만든 놈들을 겨우 스무 살인 내가 뭘 어떻게 할까.

어떤 면에선 할아버지보다 더한 자가 삼촌이다.

그러고 보니 진짜로 내가 손댈 수 있는 게 없었다. 기껏해야 후계자 놈과 친하게 지내는 정도?

기가 막혔다. 20년이라는 막대한 경험치를 들고 와서 기껏 꺼낸 방편이라는 게 본인도 아니고 겨우 후계자랑 친해지는 거라니.

"어!"

"……!"

모든 게 희미했던 그 순간 기적과 같이 뭔가가 나에게 달려와 손에 잡혔다.

그것은 반전이었고 또한 내겐 희망이었다.

Chapter 5. 단지 어두운 밤

"도련님?"

서 실장이 무슨 일인가 하여 자꾸 물어보지만 나는 내 생각을 정리하기에도 너무 바빴다.

현실을 인정하는 것. 디딜 땅을 확인하는 것.

그랬다. 모든 일의 시작은 지금 이 자리, 내가 있는 자리를 아는 것에서부터였다.

'맞아. 굳이 판을 뒤엎을 필요는 없어. 대세는 이미 정해졌고. 그들이 확고하고 강력하다는 건 증명된 거잖아. 돈도 인맥도 쥐뿔도 없는 내가 뭘 할 수 있겠어? 하지만 난 미래를 알아. 미래야말로 내 힘이야.'

이걸 가지고 무언가 건설적인 걸 만들어 내면 좋을 것 같았다.

하지만 내 평판이 다시 내 발목을 잡는다.

"아, 씨발, 기회조차 안 줄 것 같은데. 참석하는 것조차 싫어할 테고. 어떻게 하지? 이럴 줄 알았으면 얌전히 공부나 열심히 할걸."

"……."

꼴린 대로 별 지랄을 다 떨었던 지난 생이 후회로 막심했다.

조금만 더 잘했더라면…….

조금만 더 성과가 좋았더라면…….

자책하는데 TV 위 못난이 삼형제와 시선이 마주쳤다.

꼭 날 보며 비웃는 것 같았다. 이런 식으로.

-지랄, 20년이나 회귀한 주제에 이번에도 쓰레기로 살려고? 남 탓 하다못해 이젠 자책까지 하냐. 어이구, 뒈져라. 뒈져. 너 같은 걸 어디에다 쓰겠냐.

정신이 번쩍 들었다.

단지 이틀의 시간.

물리적으로 아무것도 할 수 없을 것 같은 시간이라도 해 보지 않고 그냥 보내는 건 전생의 길을 다시 걷겠다는 것밖에 되지 않았다.

반성해야 했다. 분명 방법이 있을 거다.

다시 집중했다.

"나만의 무기. 저 괴물 놈들 사이에서 날 지켜 줄 나만의 무기."

"……."

생존의 기로다. 여기에 대한 전략은 진즉부터 정해졌다.

살아남기.

남은 건 견고한 성 어딘가에 있을 틈에 파고들어 최대한의 이익을 가져올 전술이다.

뭐가 좋을까.

어떤 컨텐츠가 그들의 이목을 사로잡을까.

"적당한 계획, 믿을 만한 동조자, 정확한 논리. 역시 나 혼자로선 버거워. 도와줄 사람이 필요해. 같이해 줄 사람이……."

"……."

서 실장을 보았다.

'발이라면 오히려 그룹 내 사장단보다도 더 넓은 게 이 서 실장이다.'

희한한 사람이었다. 도대체 뭘 하던 사람이 내게로 와 집사 노릇을 하는 건지.

장례식 때 처음 보았다. 각기 각계를 망라한 조문객들. 그들이 모두 서 실장을 보러 왔다.

그라면 어떤 해답이 있을지 모른다.

"서 실장."

"어서 말씀하십시오."

"그러니까 그러면 안 되는 거잖아. 내 인생이 걸린 일을 고작 어머니가 함구하랬다고 내게 숨기는 건. 맞지?"

"네."

"아무것도 모른 체 주는 거나 처먹으면 내가 어떻게 성장하겠어? 서 실장은 내가 진짜 어머니의 꼭두각시로 살았으면 좋겠어?"

"솔직히 전 도련님이 이렇게 나오실 줄은 정말 몰랐습니다. 다 제 불찰입니다. 용서해 주십시오."

세 번째 사과가 나왔다. 여기에서 더 물고 늘어진다면 난 그냥 망나니일 뿐이다.

"좋아. 이번만 용서해 주지. 앞으로 또 그런다면 진짜 실망할 거야."

사실 좀 실망해도 괜찮다.

서 실장은 옆에만 있어 줘도 좋다.

"절대로 도련님을 실망시키지 않겠습니다. 목숨을 걸고 도련님만 지키겠습니다. 어서 할 일을 말씀해 주십시오."

"목숨은 걸지 마. 나랑 오래오래 살아야 할 사람이 죽어 버리면 내가 슬프잖아."

"도련님……."

아까도 그렇고 너무 자주 감동한다.

이 사람이 이런 캐릭터였나.

"모쪼록 잘 부탁해. 천지사방에 믿을 건 오직 서 실장밖에 없으니까. 행여나 내 행패가 못 견뎌 죽이고 싶으면 다른 사람 손 빌리지 말고 서 실장이 직접 하고."

"도련님 무슨 그런 말씀을……."

당치도 않다는 표정이다.

나도 당치가 않다. 서 실장도 그렇고 나도 그렇고 누가 누구에게 죽을까. 그냥 하는 얘기다.

"그만큼 절실하다는 소리야. 지금 어른들이 자기들끼리 알아서 다 해먹으려고 하잖아. 할아버지 돌아가신 지 얼마나 됐다고 말이야. 살아 계실 땐 찍소리 하나 못하던 것들이 헐레벌떡 모여서 자기네들끼리 신나게 쪼개려 하는데 그냥 놔둬야겠어?"

"그건 좀……."

"그럼 놔두란 얘기네."

"방법이……."

아무리 의기투합해도 더듬댈 일은 더듬거려 주는 서 실장이 참 좋다.

당연했다. 그 판이 어떤 판인데 일개 늙은 실장과 스무 살 먹은 방계 놈 하나가 날뛴다고 뒤틀릴까. 처맞고 쫓겨나지만 않아도 다행이다.

하지만 나는 오대길. 미래에서 돌아온 오대길이다.

"방법이 필요해. 방계도 손자라고. 알지? 판이 크면 떨어질 뽀찌도 어마어마한 거. 우린 그걸 노릴 거야. 우선 난 거기에 집중할 거야. 서 실장도 좋은 아이디어가 있으면 내놓으라고."

"네, 알겠습니다."

"가자고. 망나니가 확 돌면 어떻게 변하는지 보여 주자고."

나는 변화였다. 작은 돌멩이가 아닌 산에서부터 굴러떨어진 바윗덩어리.

적어도 이번 회합이 지나고부터는 누구도 날 무시하지 못하게 만들어 줄 생각이다.

반드시 그렇게 만들겠다.

변화의 힘이다. 바로 미래였고 나의 힘이었다.

자정이 가까이 되어서야 아버지 오정준이 돌아왔다.

늦은 밤, 거리를 휘감은 축축한 공기처럼 잔뜩 추레해져 돌아온 그는 낯빛도 우중충한 회색이었고 기운도 다 쓰러져 가는 폐가보다 보기 안쓰러웠다.

번쩍거리는 하이힐 사이로 20년간 굽만 간 낡은 구두 한 켤레가 자리하는데 하필 오늘따라 입은 외투도 오래돼 보였다.

'씨벌.'

예전의 나도 그랬지만 싸가지 오민선은 나와 보지도 않았고 어머니만 슬쩍 얼굴만 비치고 다시 서재로 들어갔다.

남은 아버지는 익숙하게 자기 일을 할 뿐이다. 이 넓은 집에…… 가족과 살아도 그는 혼자였고 홀로 있는 것과 진배없었다.

'하아…… 아버지, 아버지…… 뭐라고 소리 좀 쳐요. 왔다고. 다들 나와 보라고.'

전생하고서야 아버지가 보인다.

이런 삶이 달가운 사람이 어디 있을까. 더욱이 동화생명 황태자 소리까지 들은 사람이.

'너무 비참합니다. 이러려고 결혼한 건 아니었잖아요.'

한쪽으로 너무 치우친 결혼은 한쪽에게 너무 많은 것을 희생하게 한다. 아내라도 평범했으면 좋았으련만, 너무 강하고 또 너무 똑똑하다.

그녀의 강한 기질은 노골적 무시로 이어졌고 생활 속 무시는 그걸 보고 자란 애들에게까지 전염병처럼 이어져 버린다.

88년도 한국 남자들의 패기를 기억한다면 우리 집은 그야말로 콩가루였다.

개망나니짓이라도 하며 속풀이한 나를 보건대 우리 아버지는 대체 무슨 낙으로 이 무게를 견뎌 왔는지 의문스러울 정도였다.

"식사하셨어요?"

"어? 응."

반사적으로 대답이 나왔지만 안 먹은 걸 안다.

요즘 무슨 정신으로 밥을 먹을까.

데릴사위에게 남은 자존심은 명함 한 장이다.

겨우 그거 하나 붙들고 사는데 회장이 된 삼촌은 제2의 창업이라며 엄포를 놓았다. 너네 다 자르겠다고.

볼이 다 홀쭉하다.

"라면 드실래요?"

"라면?"

얼굴에 잠깐 화색이 돈다. 그러면서도 아직 얼떨떨하다. 얘가 왜 이러나 싶은 거였다.

"라면에 소주 한 잔 어떠세요? 나도 마침 출출한데."

"……좋지."

단출한 상이 차려졌다. 상주하는 아주머니는 일부러 나오지 말라 했다. 냉장고엔 바로 먹을 수 있는 반찬이 널렸으니 아무리 개망나니라도 차리는 건 문제없다.

"앉아 계세요."

"음."

보글보글 잘도 끓는 라면 냄비에 파도 좀 썰어 놓고 달걀도 인당 하나씩 두 개를 넣었다. 콩나물 조금 넣고 마지막으로

화룡점정 김칫국물 다섯 스푼에 고춧가루도 두 스푼. 이러면 뒷맛이 말끔하다.

내가 별장에서 해장할 때 가끔 애용하는 레시피라 나름 자신 있다.

"드세요."

각자 한 그릇씩 담아내었다. 살얼음이 낄까 말까 망설이는 시아시한 소주도 한 잔 가득 따라 드렸다.

쫄쫄쫄쫄쫄.

"크아~."

이게 뭔가 하면서도 묵묵히 받아 마시는 아버지를 보면서 그리고 조용한 이 식당에 앉은 우리 두 사람을 보면서 난 또 바라지도 않은 묘한 기시감을 받는다. 확실히 전에는 없던 그림인데 왠지 본 것 같은……

'좋네.'

좋다. 나쁘지 않았다.

샤갈의 눈 내리는 마을을 감상하는 것보다 좋고 윤동주의 별 헤는 밤을 듣는 것보다 훨씬 마음이 안정된다.

고요한 밤, 식기 부딪히는, 소주잔이 식탁에 놓이는 소리가 이토록 정겨울 줄이야.

참으로 좋다. 내가 아버지를 많이 좋아하나 보다.

그러면서도 절로 다짐한다.

아버지처럼 살지 않겠다고.

주류가 되어 전과 같은 쭉정이 삶은 그만 살겠다고.

그래서 지켜 주겠다고.

"드시기 괜찮아요?"

"맛있다. 아주 맛있어. 소주도 달고."

나도 달았다.

환하게 웃으며 드시는 아버지를 보니 더 달다.

왜 진작 이런 자리를 만들지 못했을까.

후회가 사무쳤는지 나도 모르게 이런 말을 내뱉어 버렸다.

"너무 애쓰지 않으셔도 돼요. 아버지는 계시는 것만으로도 제게 자랑스러우십니다."

"……."

젓가락이 딱 멈춘다.

"괜찮아요. 아버지. 이제부터 제가 아버지 편이 될게요. 더 이상 외롭게 살지 마세요."

"……."

아버지는 끝까지 아무 말씀이 없으셨다.

하지만 괜찮다.

오늘 밤도 단지 어두울 뿐이니까.

Chapter 6. 적절한 금액으로 사겠습니다

이른 아침부터 장충동 본가로 수십 대의 차량이 몰려들었
다.

모두가 하나같이 한국에는 드문 고급 차량이었는데 내리
는 면면들도 부족함 없이 한 나라의 일세를 주름잡는 별들이
었다.

일대는 검은색 양복의 경호원들도 물샐틈없었다. 대통령
이 와도 이만큼 빡셀까 의심스러울 정도로 주변 곳곳에 가득
했고 촘촘하게 자리 잡았다.

그러나 이게 끝이 아니었다.

직계들만의 행렬이 지나가고 5분이 되지 않아 나와 같은

3세들의 차례가 왔다.

이번에도 수십 대의 차량이 순서에 맞춰 진입했다. 나도 끝물에서야 겨우 문턱을 통과하여 들어갔는데 안은 더 난리였다.

할아버지는 3남 5녀 여덟이나 자녀를 두었다. 그러니까 그에 딸린 자식에 그들이 또 낳은 자식들은 또 얼마나 많은지.

한 번씩 인사하는 것만도 정신이 나갈 지경이었다.

"미국에 갔다고 하더니 돌아왔네. 왜 또 사고 쳤냐?"

"대학교에 들어가서도 쌈질할 건 아니겠지? 작작 좀 하고 다녀라."

"쌈질했네. 쌈질한 게 맞아. 이거 미국에서도 쫓겨난 것 같은데. 이번엔 깽값으로 얼마 달라고 해? 달러라 좀 더 비싼가?"

"그래도 잘 왔다. 이럴 때라도 얼굴을 봐야지 사촌끼린데. 근데 설마 여기서도 문제 일으키지 않겠지?"

"경솔히 행동하면 안 된다. 오늘 좀 심상치 않아. 무슨 애긴지 알지?"

"네, 네, 네, 네, 네~~."

아는 척 친한 척 옆구리로 턱으로 한 방씩 먹이는 것들만 이십이 넘는다. 다 나보다 나이 많은 것들이었다. 어린 녀석들은 감히 내 옆에 못 붙고. 까불었다간 주먹부터 나갈 테니.

대충 맞춰 주며 한 귀로 흘리길 10여 분 지났나. 길이 열리며 젊은 녀석 하나가 씨익 웃으며 다가왔다.

나재호였다. 대양의 황태자이자 앞으로 대양공화국을 이끌 왕자님.

다른 사촌들도 분위기를 캐치했는지 감히 앞을 막지 못했다.

녀석도 그걸 아는지 거침없이 들어왔고 이 나를 툭 건드리며 심히 친한 척을 해 댔다.

"어이, 왔냐?"

"왔다. 이 자식아."

사실 좀 친했다. 나이도 같고 초딩 때부터 고딩 때까지 같은 학교에 다녔는데…… 그래서 늘 비교당했고 결국 콤플렉스 때문에 멀리하게 됐지만 어릴 적에는 꽤 통했다. 둘 다 공통적으로 어머니가 엿 같았으니까.

"미국 갔었다며? 유학이냐?"

"유학은 무슨…… 알면서."

"어땠어?"

호기심 천국인 녀석의 눈망울을 보자니 무슨 대답을 원하는지 알 것 같았다. 이 녀석도 겉만 번드르르하지 어머니가 초극성이라 제 손으로 뭘 해 본 기억이 없다. 어떤 면에선 나보다 더한데 일생이 범생 중의 생범생으로 살아야 할 운명이었다.

어떡할까나. 듣고 싶어 하는 걸 말해 줄까.

좋다. 보너스다.

"미쿡? 좋지. 안 가 봤냐?"

"안 가 봤다. 어때?"

"캬아~ 하얀 백마가…… 나 잡아 달라고 이리저리 날뛴다. 씨벌."

"오오, 정말이야?!"

단숨에 흥분한다. 동공이 커지고 호흡도 거칠어지고 빨리 더 얘기해 달라는 표정까지 보낸다.

모처럼 감회가 새롭다.

'귀여운 놈.'

나중에야 어떻게 되든 지금은 겨우 스무 살.

한창 이성에 관심 많고 주어진 권력이 무엇인지조차 눈에 들어오지 않을 때.

나재호도 나와 같았다. 나름대로 제 밥그릇 정도는 챙길 것으로 자신하지만 한참 멀었다.

"졸라 쏠리냐?"

"응, 응."

"가 보고 싶어?"

"가 보고 싶쥐~ 데려가 줘. 데려가 줘."

"야, 떨어져라. 니네 엄마는 어쩌고?"

"엄마 얘기 좀 하지맛. 감 떨어지게."

"너 이거 짜증이냐? 이 형님 아직 말 안 끝났다. 듣기 싫어?"

"알았어. 알았어. 빨리 말해 줘."

"그러니까 금발의 백마가……."

"으응. 빨리빨리."

얘가 이 정도였나? 너무 안달 내니 내가 다 불안해졌다. 주변도 우리가 무슨 얘기하는지 귀를 쫑긋거리는 것 같고.

이렇게 되면 곤란하다. 듣는 귀가 많아질수록 나오는 입도 많아진다. 그리고 나오는 입 중 내게 도움될 입은 하나도 없었다. 일단은 진정시켜야겠다.

"보는 눈이 너무 많네. 지금은 그렇고 이따 더 얘기해 줄게. 근데 이것만 잊지 마라. 머리에서 발끝까지 다 황금색! 그건 아냐? 털색은 머리털이나 거기나 다 똑같은 거."

"오오~."

"진정해. 진정해. 이따 만나자고. 이따 다 얘기해 줄게."

"알았어. 이따가 보자."

영 허빵은 아닌지 주변을 인식하고는 숨을 고른다.

이해해 줘야 한다. 원래 이 나이 땐 성적 판타지가 심하다. 이놈 같은 경우엔 거의 내가 해소 창구다. 불쌍한 놈.

참고로 난 이 녀석이 뭘 좋아하고 어디에 꽂히는지 잘 안다. 앞으로 그걸 토대로 차근차근 공략할 테지만.

"결국 오네."

우선은 가로막는 산부터 넘어야 했다.

이쪽으로 곧장 오는…… 처음부터 지켜보고 있던 싸늘한 눈길.

그러니까 내가 여기 온전하게 있으려면 날 범생 아들을 더럽히는 오염원쯤으로 생각하는 외숙모부터 물리쳐야 했다.

"대길이도 왔구나. 미국 유학 준비 중이라더니 바쁜데 시간을 낸 모양이로구나."

"그럼요. 다른 일도 아니고 총회합인데 당연히 와야죠. 안녕하셨죠?"

"흐음, 그래도 얼굴은 좋구나. 이번엔 마음잡고 좋은 대학에 들어가렴. 어머니께서 걱정하시잖니."

말 속에 은근한 우월감을 집어넣는다. 자기 아들은 한국대에 들어갔다는 거다. 접수 마감 때까지 기자들 보내 인원 체크해 겨우 보낸 주제에.

이것도 뭐 기본 성적이 있어야 가능한 일이었지만, 나재호가 평소 관심도 없던 과에 들어간 건 다른 이유가 아니다.

'씨벌.'

내가 경험한 88학년도 대학입시는 논술을 폐지한 반면, 선지원 후시험이라는 이상한 시스템을 도입했다.

어떤 새끼가 이런 제도를 만들었는지 모르겠는데 선지원이라 학생들은 자기 점수도 모르고 대뜸 대학교와 학과부터 골라야 했다.

지원한 이들끼리 나중에 함께 시험을 보게 되는데 하필 그 과에 공부 잘하는 인원이 몰린다면 완전 망하게 되는 거다. 반대로, 인원이 미달된 경우는 시험과 관계없이 합격이었다.

당연히 경쟁률에 목맬 수밖에 없었다. 즉, 지원 때부터 엄청난 눈치 싸움을 불러들였다. 중동일보까지 소유한 대양그룹이 사람 뿌리는 건 당연지사. 듣기로 한국대에만 기자 명찰을 단 인원이 수백 명 돌아다녔다고 했다.

'그렇게까지 해놓고 잘난 척하기 있기? 없기?'

재수 없었으면 나재호도 나처럼 재수의 길이나 유학의 길로 갔을 수도 있었다.

그래 놓고 지금 위로는 못 할망정 나를 긁는 거다. 이 짜리몽땅한 아줌마가 개망나니 무서운 줄 모르고. 열 받네. 한번 혼나 볼래요?'

씨익 웃어 줬다. 보란 듯이 크게 대답했다.

"알겠습니다! 이번엔 반드시 기대에 부응하겠습니다. 그때까진 너무 미워하지 마십시오. 열심히 살겠습니다. 충성!"

하는 김에 경례도 탁 올려붙였다. 모두가 보라고. 당연히 주변의 시선이 몰린다.

"어머머, 얘가 왜 이래."

그제야 외숙모도 기겁하고는 뒤로 물러섰다.

은근슬쩍 옆으로 멀리 사라졌다.

드디어, 검은 별 악당을 물리쳤다.

당분간은 내 근처로 오지도 않을 것이다.

대양의 안방마님 자리가 확정적이지만 아직은 자중해야 할 때. 벌써부터 유세라는 말이 나왔다간 자칫 될 일도 틀어진다.

그 후에 떨어질 삼촌의 불호령을 무엇으로 감당할까. 제 잘났다고 까불어도 무엇 하나 제 손으로 일궈 보지도 못한 여자다. 어머니보다도 못한 여자.

"웬만하면 얽히지 맙시다. 나도 아줌마가 별로요."

피식 웃어 준 나는 사촌들 사이로 섞여 들어갔다. 어차피 어른들만 따로 자리한 안방에서 거의 모든 것들이 조율된다. 오늘 이 자리도 이미 정해진 것을 재확인하고 공식적으로 확정하기 위한 절차일 테니.

"알아서들 잘하세요. 나만 건들지 않으면 뭘 해도 괜찮습니다."

내가 믿는 건 딱 하나였다.

할아버지 때부터 내려온 전통.

물론 전통이라고 거창하게 얘기했지만 별스러운 건 아니다. 그냥 할아버지는 이렇게 모일 때마다 작은 것에서부터 그룹의 비밀스러운 현안이라도 구성원들에게 묻는 형식을 취했다.

여기 있는 모두가 어려서부터 그걸 겪었다.

이건 어떠니?

저건 어떠니? 라고.

딴에는 좋은 교육방식이라고 출발한 것 같은데 그때는 죽을 만큼 싫었다. 일가 전체가 모인 자리에서 평소 관심도 없고 역량도 벗어난 걸 물어대면 어떨까.

이제 막 교복 입은 까까머리 중딩한테 [동남아시아의 동향과 대양이 나아갈 길] 같은 걸 묻는다고 상상해 보라.

어른들은 막 쳐다보고. 애들은 웃고.

아주 미친다.

"미치지. 사람 괴롭히는 방법으로는 최고. 여태 난 그게 할아버지의 고약한 취미라고 생각했다고…… 근데 말이야. 오늘만큼은 그게 기다려지잖아. 희한하지? 그게 기다려진다고. 세상에…… 그게 기다려지는 날이 올 줄이야. 난 정말 몰랐어."

그때까지 난 시간이나 때우며 싱거운 농담이나 던지는 아이로 남아 있을 것이다. 건들면 폭발할까 저어스러워 그냥 놔두는 시시껄렁한 아이로 말이다.

◇ ◆ ◇

커다란 거실에 온 가족이 모여 앉았다.

기다란 테이블에 직계자손인 3남 5녀가 자리하고 그 뒤 2선으로 사위든 손자든 알아서 착석했다.

  나도 나정희 여사 뒤로 조용히 앉았다.

  이건 룰이었다.

  -아무리 나이가 많아도 직계가 아닌 이상 테이블에 자리하지 못한다.-

  대양가의 구분법이었고, 적통이라는 영원히 좁히지 못할 우월의 증명이기도 했다.

  "회의 주체는 제가 하겠습니다. 괜찮으시죠?"

  삼촌 나건우의 말에 이미 얘기가 끝난 것처럼 다른 어른들도 금세 호응했다.

  "그렇게 해."

  "그래야겠지."

  "그러세요."

  "……그래요. 오빠."

  삼촌은 항렬상으로 일곱째였다.

  우리 어머니가 막내이니까 바로 위인 건데 첫째인 장녀랑 나이 차이만도 거의 이십 년이다. 그런 사람이 형제들을 물리치고 상석에 앉았다. 형제지만 아들뻘이 말이다.

  문제가 왜 없었겠나?

그러나 할아버지 생전에 다져 놓은 후계 구도는 누가 건들 수 없을 정도로 공고했다. 그리고 이미 지분이고 뭐고 다 정리가 끝난 상태. 누가 까불까.

참고로 말하지만, 사업가에게 형제는 그냥 본적이다. 태어난 곳을 알려 주는 주소 같은 것.

의미 없음.

아무리 형제라도 삼촌에게 반기를 드는 순간 태양과 싸우겠다는 구도가 된다. 여기서 그걸 모르는 사람은 하나도 없었다.

'좋구나. 아주 끝내줘.'

한발 물러선 2선에서 지켜보니 더 잘 보였다. 저 사람이 왜 왕좌에 앉은 건지.

죽은 얼굴들 사이에서 혼자 빛났다. 운도 좋았고.

유일한 적수였던 장남이 할아버지와의 불화로 튕겨 나가고 둘째 형은 이미 다른 길로 독립한 상태였다.

호랑이 같은 누나들이 있다고 해도 스스로도 호랑이 못지않았고 아들 중심의 할아버지가 누굴 총애했을지는 불 보듯 뻔한 전개다.

완벽했다. 지키기도 잘 지켰고 삼키기도 홀랑 잘 삼켰다.

'대단해. 수성도 능력이지. 근데 엄청난 확장성까지 가졌어. 세계를 뒤흔들 만큼 거대한 그릇. 이건 나도 인정한다고.

저 양반이야말로 거인이라 불릴 자격이 있다는 걸. 진짜 거인.
거인인 척하는 놈들이 아니라 진짜 레알 거인.'

그의 진면목을 설명하는 건 시간 낭비다.

'그러고 보니 큰삼촌이랑 둘째 이모 자리가 비었네. 정말
틀어진 모양이야.'

여덟 자리 중 두 자리가 공석이었다.

큰삼촌이야 불화 후 해외에 떠돈 지 꽤 된 터라 그렇다 하
더라도 둘째 이모는 정말 인연을 끊은 모양이었다.

'식료품이랑 방직에 중점을 두던 대양이 전자산업에 진출
한다고 할 때부터 금정과 틀어졌다더니. 하긴 주가 전자산업
인 금정으로선 받아들일 수 없었겠지. 사돈이 갑자기 뒤통수
를 날렸으니.'

수십 년 이어진 전자업계의 라이벌 구도가 그 시점 형성됐
다. 괜히 둘 사이에 껴 갈팡질팡하던 둘째 이모는 남편을 따
른 거고.

'어쨌든 결론적으로 대양의 선택은 옳았다고 봐야겠지. 시
간이 지날수록 금정과 대양은 규모나 역량에서부터 상대되
지 않았으니까.'

결국 할아버지의 선택이 옳았다.

"자자, 모처럼 모였는데 전통은 지켜야겠죠? 일단 순서대
로 해 봅시다."

이후 시간은 삼촌의 일방적인 독주로 진행됐다. 의례 순서에 따라 할아버지에 대한 묵념도 하고 가족 간에 얼굴 맞대고 인사하기도 했다.

시시껄렁한 농담과 함께 그룹과 개인을 망라한 많은 이야기가 오갔다.

그 가운데 삼촌은 피바람 발생기인 제2의 창업을 비전이라는 두루뭉술한 스킬로 포장도 하고 앞으로 나 씨 일가가 세계를 향해 어떤 행보를 걸을지에 대해서도 역설했다. 나 아니면 안 된다고.

모두가 박수쳤다. 여긴 대세가 스스로를 공인받는 자리였다. 반론은 없다.

나도 박수만 쳤다.

삼촌은 거기에 힘입어 이런 일은 자신밖에 할 수 없고 자기만 쫓으면 콩고물 정도는 주겠다는 표현을 반복적으로 저항감이 최소화될 방식으로 계속 알렸다. 까불면 가만히 두지 않겠다는 경고도 희미하게 섞고.

거의 2시간을 능수능란하게 자기 어필 시간을 가졌다.

'혼자 너무 신났어. 씨벌.'

이미 알고 있었지만, 완전한 게임 셋임을 확신한 나는 삼촌보단 주로 어머니의 표정을 살폈다. 자기들만의 리그가 내 기억과 같은지 확인하고 싶기도 했고 조금쯤은 패배감이 깃든 어머니의 모습을 보고 싶기도 했다.

헌데 시종일관 뾰로통하다. 그리고 보니 아까 대답도 제일 늦게 했다.

미래를 알고 있음에도 저 이유는 알 수 없었다. 신우백화점은 분명 우리 손으로 들어오는데.

'뭘 더 달라고 했다가 뺀찌 먹었나? 왜 저래?'

내가 다 눈치 보일 지경이었다.

저러면 안 되는데. 삼촌이 지금 얌전을 빼도 눈이 돌면 아무도 막지 못한다. 괜히 심기를 건드려 내가 할 일까지 방해할까 싶어 가슴이 다 졸여 왔다.

'왜 저래? 쳐다보잖아.'

삼촌도 거슬렸는지 몇 번 시선을 던졌다.

다행히 막냇동생의 투정이라 여기는지 대놓고 건들진 않았지만 아슬아슬했다.

그렇게 또 1시간이나 지났을까.

마침내 고대하던 시간이 왔다.

삼촌이 제2 창업에 관한 질의·응답의 장을 열었다. 대양가의 전통. 기분이 상당히 업됐던지 평소 기대도 하지 않았던 제안까지 던진다.

"자자, 전통대로 기탄없이 말해 보라고요. 우리 대양이 세계로 뻗어 나가려면 어떤 선택을 하는 게 좋을지. 아니, 이렇게 아니라 모처럼 이렇게 모였는데 상황에 걸맞은 보상부터 걸어야겠죠? 괜찮은 아이디어를 내보세요. 제가 적절한 금액으로 사겠습니다."

호오, 그러셔요?

Chapter 7. 최초의 기업컨설팅

쭈뼛쭈뼛하면서도 많은 이야기가 오갔다.

물론 예상대로 영양가는 없었다.

자발적 참여도 아니고 일일이 지명인 데다가 경영에 참여
는 하나 핵심 정보와는 거리가 먼 사위들이 삼촌의 심중을 알
까. 아님, 그보다 못한 손자들이 무슨 수로 저 용광로를 만족
시킬까.

당연한 일이었다,

애초 자리를 만든 삼촌도 이 사실을 알고 있었고 직계들도
그랬다.

이놈이나 저놈이나 듣기에 양호한 가족 간 단합에 대해 얘기

했고 그나마 조금 특이한 제안이 그룹의 지배구조를 더욱 짜임새 있게 구성하자는 정도였다.

순간 2선에서 오오오~ 라는 탄성이 일었으나 이것도 삼촌의 머릿속에선 이미 정리된 지 오래였다. 아주 구체적인 사안까지 직계끼리 얘기가 끝난 사안이었다.

'5년만 일찍 제안했어도 꽤 인정받았을 텐데 아쉽겠네.'

질의·응답은 계속됐다. 한 명씩 한 명씩 순서를 따랐고 근 1시간이 지나서야 바로 앞사람까지 끝났다. 이제 내 차례인데.

'갑자기 왜 저래?'

삼촌이 갑자기 딴소리하기 시작했다. 금방 돌아오려나 했는데 아니었다. 질의·응답 시간을 아예 끝낸 것처럼 행동하였다. 친척들도 이걸 이상하게 받아들이지 않았다.

그때 알았다. 개망나니는 발언권조차 없다는 걸.

'애초 버린 몸이라 이거지? 씨벌, 내가 이럴 줄 알았어.'

어머니마저도 가만히 있었다. 보통의 어머니라면 왜 기회를 안 주냐고 한 번쯤 따질 만도 한데.

'이거 진짜 서럽네. 아무리 그래도 한마디 정도는 해 줄 줄 알았는데. 아무리 내놓은 자식이라고 이렇게 무시하나.'

그때 한 사람이 나섰다. 상석 뒷자리에 앉아 지금껏 일언반구도 하지 않던 사람.

그 사람이 나서자 모두 집중했다.

직책상으론 가장 높은 사람이 삼촌이지만, 심정적으로 또 대양가인 이상 누구도 무시할 수 없는 사람이 한 분 더 계셨다. 그녀가 조용히 삼촌의 다리를 걸었다.

"나 회장."

"아, 네, 어머니. 말씀하십시오."

"대길이가 빠졌네요. 부러 그런 건가요?"

"아~ 아, 아닙니다. 갑자기 다른 게 생각나서…… 지금 물으려고 그랬습니다."

"그랬죠? 다행이네요."

"그럼요. 원칙은 지켜야 하니까요. 이 시간만큼은 누구에게도 평등해야 하는 걸 잊지 않았습니다."

"난 또 일가의 풍습이 잊힐까 걱정했네요."

"어머니. 제가 일 처리를 미흡하게 했습니다. 송구스럽습니다."

"우리 나 회장도 실수할 때가 있네요. 허나 이 어미는 충분히 이해합니다. 오늘은 참으로 좋은 날이잖아요."

"그렇습니다. 어머니."

서슬 퍼런 삼촌마저도 자중케 할 유일한 사람.

박순희 여사.

할아버지가 졸한 이후 남은 대양가의 인물 중 가장 웃어른인 그녀는 자체가 대양가 역사이자 산증인이었다. 사실상 이곳에 모인 거의 모든 인물의 뿌리였으니 평소 자중하며 밖으로 나오지 않았다 하더라도 무시할 사람은 아무도 없었다.

'저승으로 가는 직행열차를 타고 싶으면 그래도 되지.'

효자인 삼촌은 그렇지 않아도 어머니에게만큼은 끔뻑 죽었다. 없는 것도 만들 판인데 고작 발언권 하나 주는 게 대술까.

격언이다. 삼촌을 움직이고 싶으면 박순희 여사를 잡아라.

'혹시 몰라 부탁해 두길 천만다행이야.'

어제 본가로 먼저 쳐들어온 보람이 있었다.

우리 할머니. 저 여인이 내 할머니였다.

할머니는 날 보며 지긋이 미소 지었다. 어떠냐고. 이 할미가 아직 살아 있지 않냐고.

나도 가벼운 눈인사로 맞장구쳤다. 잘했다고. 역시 우리 할머니라고.

"그래, 이제 대길이 차례지? 이 삼촌이 잠시 실수가 있었구나. 자자, 다시 시작해 볼까. 넌 앞으로 우리 대양가가 어떤 길을 갔으면 좋을 것 같으냐?"

"……."

이미 그럴 줄 알고 있었지만, 영혼이 담기지 않은 질문은 언제 들어도 적응 안 된다.

할머니까지 나선 일임에도 삼촌은 나를 무시했다. 확실히 어쩔 수 없는 건 없는 건가 보다.

한 번 찍히면 끝. 기회 주는 것도 아까운 모양이다.

'씁쓸하네.'

살짝 기대라도 담아 주면 회장 직책에 누라도 되나.

'아니야. 아니야. 인정한다. 인정해. 애초 내 포지션을 생각하면 이 정도도 감지덕지지.'

괜찮다. 이제부터 영혼이 담기게 하면 된다. 난 앞으로 영혼이 듬뿍 담긴 수프만 먹을 것이다.

"그럼, 어렵게 되찾은 권리에 의해 제 소견을 말씀드리는 시간을 갖겠습니다."

"……큼, 하거라."

거창한 표현이 거슬렸던지 살짝 미간을 찌푸렸던 삼촌도 허락하였고.

한순간이나마 수십 쌍의 시선이 내게 꽂힌다.

사위는 조용해졌고 내 일거수일투족에 전부 집중한다.

My turn. 내게 집중된 시간이다.

"으음……."

좋다. 희열이 돋는다. 부담은커녕 오히려 머리가 맑아지고 집중력이 오른다.

한 해 경영성과를 발표할 때마다 벌벌 떨던 나였는데…… 너무 가뿐하다.

주정뱅이 사고뭉치 파탄자로 개무시당했던 지난 세월이 주마등처럼 지나간다.

뒷골이 짜르르 울렸다.

짜르르 울린 전율이 내게 꼭 이렇게 말하는 것 같았다.

-씨바 새끼들. 다 죽여 버려.

반가운 투.

이것도 좋다. 아주 마음에 든다.

이 쉐리들, 날 많이 무시했지?

이번엔 내가 너희를 무시해 주겠다.

"말씀드리기에 앞서 이번 총회합의 의미와 무게감을 잘 이해하고 있음을 먼저 밝힙니다. 더불어 대양그룹 30년 진로를 위한 기업컨설팅을 시작하기 전, 책정된 가치에 따라 정당한 대가를 받길 원합니다. 동의하십니까?"

"기업컨설팅? 대가?"

삼촌의 눈썹이 꿈틀거렸다. 친인척들도 웅성댔다. 어머니가 눈에 띄게 당황했다.

나만 웃었다.

날 제외한 모두가 날 황당해했다.

한결같다.

가볍게 아이디어나 내라고 기회를 줬더니 너무 건방지다는 거냐?

개망나니 자식이 어디에서 나대냐는 거냐?

하지만 어쩌나. 난 물러설 생각이 없는데. 너희들 죄다 무시해 주기 전까지 한 발짝도 못 움직인다.

버텼다. 호기심에서 노골적인 질책으로 혹시나가 역시나로 변해 버린 시선 속에서 당당히 허리를 폈다.

물론 일면 이해 안 되는 건 아니었다. 88년도는 아직 기업 컨설팅 개념이 잡히지 않았고 특히나 이런 돈 얘기는 자리가 자리인지라 거의 금기시했으니까.

결국 삼촌이 으르렁거리는 말투로 대화를 다시 이었다.

"내가 직접 아이디어를 적절한 금액에 사겠다고 했는데도 더 원한다는 거냐? 진정 그런 거야? 대길아."

"네, 전 정당한 대가를 원합니다."

이번에도 물러서지 않았다.

어차피 패는 돌렸고 물러서는 건 곧 패배. 패배는 곧 죽음이다 씨벌.

기다렸다. 여전히 미간을 찌푸린 삼촌이 일을 진행시킬 때까지.

그가 허락하지 않는다면 어차피 모든 게 죽도 밥도 안 된다. 난 먼 길을 돌아가야 하고.

그 순간 삼촌의 등이 의자에 닿았다.

"우선 가격이나 들어나 보자. 얼마냐? 대체 얼마길래 이렇게 무게를 잡는 거지?"

"별거 아닙니다. 컨설팅 비용으로 책정된 금액은 50억 원입니다."

"뭐?!"

"어머머, 쟤가 왜 저래?"

"50억? 미쳤나."

"위태위태하더니 또 사고 치네."

"정희야, 네 아들 좀 봐라. 저게 말이니 방구니?"

시끄러운 가운데 삼촌과 나, 할머니만 침착했다.

"조용."

삼촌이 손을 들자 소란은 거짓말처럼 줄어들었는데 이번
엔 전에 없던 기세가 날 덮쳤다. 정면 한가운데에서.

'옴마야. 굉장하네.'

눈으로 보는 것만으로 사람을 옥죄는 기세.

날 때부터 누군가를 부려 온 이들 중에서도 가장 강한 운
명을 타고난 인물들만 소수 가질 수 있다는 제왕의 기세.

나도 그제야 비로소 삼촌이 비즈니스 모드로 전환했음을
깨달았다. 진짜 승부는 이제부터였다.

"50억의 근거는?"

"약소하지만 향후 300조 매출의 기반이 될 것이기 때문입
니다."

"300조?!"

"미쳤어. 진짜 미쳤어."

"개망나니 짓 하더니 또라이가 다 됐어."

"쟤 좀 끌어내."

"정희야, 정희야!"

친인척들이 또 시끄러워졌다. 어머니의 이름이 공공연하게 등장하고 어머니의 표정도 한껏 굳어졌다.

결국 삼촌이 참지 못하고 으름장을 냈다. 그도 진지해졌다.

"조용하세요! 당부하건대 지금부터 한마디라도 하는 사람은 여기에서 끌어내겠습니다. 발언권은 대길이에게 있고 아직 대길이의 시간이 끝나지 않았습니다. 알겠습니까?"

"……."

"……."

회의장은 다시 조용해졌다.

호기심과 궁금증, 개무시와 분노 사이에서 소용돌이 같은 기류가 흐르고 또 금 간 댐처럼 언제 무너져도 이상 없을 만큼 위태로운 분위기가 나를 감쌌다.

미움받고 있었다. 고작 몇 마디 했을 뿐인데…… 저들과는 상관없는 일일진대.

'무슨 음소거를 누른 것도 아니고 완전 자동이네. 개쉐들. 결국 이것밖에 안 되는 것들이.'

슬슬 열이 오른다. 이렇게 끝나선 곤란할 것 같은 마음이 자꾸 든다.

이것들 모두…… 돌아온 기념으로 적당히 봐주고 함께 잘 살려 했는데 하는 짓이 영 글렀다.

일일이 다 기억해 주겠다, 하는 것마다 끼어들어 엿 되게 해 주겠다 다짐하고 나니 오히려 기분이 상쾌해졌다.

'이게 내 주제였나? 쿠쿠쿡.'

개망나니 주제에 너무 젠틀했던 거다. 심히 반성한다.

당신도 그렇지 않냐고 삼촌을 봤다. 대한민국을 잡아먹고 세계마저 야금야금 꿀꺽할 당신이라면 지금 내 눈빛의 의미를 알 거 아니냐고 보냈다.

그 순간 삼촌의 눈매가 더욱 날카로워졌다.

"지금 300조라고 했나?"

"뉴패러다임이라 불러 주시죠."

한국의 GDP가 200조에 겨우 달성할까 말까 한 시대다. 이 정도면 뉴패러다임이 맞았다.

"뉴패러다임? 이름은 좋구나. 기업컨설팅이라고 했나? 좋다. 어디 제안해 보거라. 마음에 든다면 50억이 아니라 500억이라도 주지."

"컨설팅을 허락해 주셔서 감사합니다. 허락된 바에 의해 저는 총 세 가지의 방향성을 대양그룹에 제시할 생각입니다. 아! 컨설팅 비용은 50억이면 충분합니다. 이 이상은 편법 증여의 의심이 들거든요."

"넌 내가 만족할 거라 확신하는구나."

"제가 아는 회장님이시라면 반드시 절 안아 주실 겁니다."

"……"

"……."

가장 상석에 앉은 자. 그리고 가장 끝자리에 앉은 자. 물리적으로는 겨우 10m.

그러나 심정적으로 느껴지는 서로의 간격은 하늘과 땅처럼 멀다. 헌데 이 순간 동격으로 느껴지는 건 나만의 착각일까.

삼촌도 이 이상은 몰아붙일 수 없다 느꼈던지 등을 완전히 의자에 기댔다.

"좋다. 네가 그렇게까지 얘기하니 나도 진지해지지 않을 수가 없겠구나. 알았다. 지금부터 대길이 너를 컨설팅 회사의 대표 격으로 인식하겠다. 시작하거라."

격을 부여했다는 건 행여나 장난이라면 절대로 용서하지 않겠다는 말과 같았다. 아무렴.

"기회를 주셔서 감사합니다."

"……."

대답도 하지 않고 닥치고 빨리하라는 뉘앙스를 풍기지만 나는 이 순간이 즐거웠다.

무엇보다 삼촌의 저런 태도가 마음에 들었다.

도대체 무엇이 오늘 우리 삼촌의 즐거움을 빼앗아 갔나요? 그 당돌한 놈이 누군가요?

바로 나 오대길이다.

"첫 번째로 제시할 건 미래 먹거리 산업의 확고한 구축과 그에 따른 포트폴리오의 완성입니다."

"포트폴리오?"

"여기서는 산업군 혹은 기업군을 뜻합니다."

"음…… 계속하거라."

"네, 선대 회장님의 선견지명에 따라 1969년 전자산업에 출사표를 던진 이래 대양은 지금까지 다른 기업이라면 할 수 없는 어마어마한 자원을 투자해 왔습니다. 이로 인해 금정과 돌이킬 수 없게 됐지만, 결론적으로 잘된 거죠. 앞으로 대양은 전자산업 하나만으로도 세계에 우뚝 솟을 테니까요."

"……."

"허나 지금까지 대양의 제품들은 시중의 인정을 받지 못하고 있는 게 사실입니다. 소비자들은 혹여나 더 비싸더라도 10년을 써도 고장 한 번 안 나는 금정의 것을 선택하지요. 대양의 제품은 철저히 외면당하고 있습니다. 저처럼요."

"네 말은 제품의 질을 높이자는 거냐?"

"그건 기본이겠죠. 하지만 반전은 쉽지 않습니다. 한번 박힌 이미지는 여러분들이 절 바라보는 시선과 같이 늘 의심스럽죠. 뭐 저는 제가 알아서 할 생각입니다만, 아쉽게도 대양은 유연하게 움직이기엔 덩치가 너무 큽니다."

"그래서?"

"방법이 따로 있겠습니까? 국내가 안 된다면 세계에서 잘나가면 되지요. 말썽꾸러기에 좀 못났어도 세계에서 잘나간다면 한국 사람들은 관대해집니다. 마찬가지로 대양이 세계에서 잘나가면 됩니다."

"그런 말은 누구나 할 수 있는 거 아니냐?"

"맞습니다. 다만 저처럼 구체적인 해법은 제시 못 하겠죠."

"그래, 그 구체적인 해법이란 게 뭐냐?"

"제가 주목한 건 이번에 개발에 성공한 4메가 D램입니다."

"음……."

"이건 거의 혁신이죠."

"혁신이라……."

"앞으로 인류의 문명을 곧 전기의 문명이라고 보는 제게 전기에 기반을 두고 전기로 편리를 제공할 전자산업은 그야말로 꿈의 산업입니다. 물론 그 시장성으로 보나 확장성으로 보나 절대로 포기해선 안 되는 산업임을 회장님께선 이미 인식하시고 앞으로 대양의 미래를 이끌어 갈 먹거리로 표적 삼은 것도 압니다. 혹 아니라고 말씀하실 겁니까?"

"크음……."

아니라고는 절대 말 못한다. 대양이 버는 족족 반도체 산업에 때려 박은 건 공공연한 비밀이었다.

"작년까지도 돈만 잡아먹던 반도체 공장에 올해 처음으로 매출의 신호탄이 터졌습니다. 4메가 D램의 등장에 세계가 놀란 거죠. 이런 기세라면 올해 약 9천억의 매출을 달성할 것 같습니다. 1조에 딱 떨어지지 않는 게 아쉽긴 한데 뭐 어쩌겠습니까? 작년까진 아무것도 없던 대양이 말입니다."

"너 지금 올해 매출치까지 벌써 산정했다는 거냐?"

"그것뿐이겠습니까? 장담하건대 매년 30% 이상 고속 성장이 예상됩니다. 10년 안에 메모리칩 하면 대양이라는 수식어가 나돌 겁니다. 이것만도 상당하나 과연 여기에서 멈추실 겁니까? 절대로 아니죠. 문명이 발달할수록 고성능 메모리칩이 필수불가결한 사항임을 동의하신다면 제가 제안할 반도체 산업에 기반을 둔 산업군 형성도 바로 알아보시리라 믿습니다. 여기 그에 대한 예시가 있으니 참조하십시오."

더 말할 필요 없이 서류철을 하나 꺼내 전달했다. 거기엔 반도체와 함께 커 나갈 전자산업과 통신산업. 그 외 전국적 서비스망의 형성과 필수 자원의 확보 등 필요한 모든 것을 기재해 놨다. 앞으로 변화될 시장의 예측까지.

삼촌이 서류철을 넘기는 손길이 무척 진지해졌다. 진지한 손길만 봐도 일단 첫 고비는 넘긴 것 같았다.

두 번째로 넘어가기 전, 난 잠시 휴식 시간을 요청했다. 삼촌이 자료를 살펴볼 시간을 주기 위함이었고 두 번째 제안에 대한 기대치를 높이기 위해서이기도 했다.

잠시 숨 돌리며 물을 마시는데 나재호가 슬그머니 다가왔다.

"너 뭐냐?"

"뭘?"

"장난 아냐. 너 완전 미쳤어."

미쳤어? 가 아니라 미쳤다는 얘기다.

"좀 쩌냐?"

"쩌냐고?"

"멋지냐고?"

"멋진 정도냐? 아버지 앞에서 꼿꼿한 사람은 난생처음 봤다."

"그러냐? 이 형님이 그 정도다. 알아서 모셔라."

"그건 그렇고, 근데 진짜 괜찮겠냐?"

걱정스러운 얼굴이었다.

이해한다. 까딱 잘못했다간 나락이 행운으로 보일 만큼 비참해질지도 모른다.

녀석의 어깨를 툭 쳐 줬다.

"걱정 마라. 자식아. 어차피 더 떨어질 바닥도 없다. 나 모르냐? 백 년에 하나 나오던 대양가의 개망나니 아니냐."

"그래도 조심해라. 아버지는 무서운 사람이다."

"알았다. 알았어. 그만하자. 어차피 우리끼리 얘기해도 달라질 게 없어. 결국 삼촌의 선택 아니냐."

"그건 그렇지만."

사실 여기에서 끝날 수도 있었다.

앞으로 걸을 대양의 행보를 나름대로 정리했다지만 이것이 오히려 반발을 불러온다면 그 여파는 내가 감당할 게 아니었다.

파국 혹은 파멸.

중요한 내용을 서면으로 작성한 것도 혹여나 나올 반발을 최소한으로 줄이고자 한 노력이었다.

'일가라고 해도 친인보다 가깝진 않겠지. 비밀은 혼자만 가지는 게 제일 좋으니까.'

앞으로 쳐낼 인물들 앞에서 민낯이 드러나는 걸 좋아할 사람은 없었다.

나도 까딱하면 끝.

그러니까 첫 번째의 제안을 어떻게 받아들일지에 따라 내 행보가 180도 달라진다.

쉬는 시간이 끝나고 삼삼오오 모여 있던 이들이 돌아왔다.

내 곁으로 오는 사람은 하나도 없었다. 어머니도 스윽 눈치만 준 뒤 앉았을 뿐이고.

회합장엔 다시 침 삼키는 소리도 들리지 않았다. 삼촌이 진중한 표정을 풀지 않아서였는데 다들 눈알만 굴려 나와 삼촌을 번갈아 보기 바빴다. 긴장감에 숨 막힐 정도였다.

그리고 한참을 더 기다린 끝에 꺼낸 삼촌의 한마디는 이랬다.

"세 가지라고 했는데 두 번째도 이런 식이냐?"

좋다는 건지 별로라는 건지 알쏭달쏭한 말이다.

그러나 나는 익숙하다. 지난 20년간 어머니가 날 갈굴 때 쓰던 스킬이니까. 어느 쪽을 선택하든 질문자만 입맛에 맞게 움직일 수 있는 아주 더러운 스킬.

'남매라 그러나? 하는 짓이 똑 닮았어. 더럽게.'

이럴 때는 직진이 옳다.

"그런 식입니다. 혹 마음에 들지 않으십니까?"

"좋다. 두 번째도 들어 보자."

주먹에 힘이 들어갔다.

그의 마음에 들었다.

"이걸 보십시오."

멍석이 깔리자마자 난 이번엔 만 원짜리 지폐 한 장을 꺼내 펼쳤다.

"......?"

"......?"

"......."

그냥 만 원짜리다.

그러니까 그게 뭐? 다들 이런 의뭉스러운 시선만 던졌다. 가뜩이나 돈 얘길 꺼내 민감한데 돈은 왜 또 꺼내고 지랄이냐는 눈빛.

웃음이 나왔지만 참았다.

아까도 그렇고 지금도 그렇고 나 혼자만 알고 있다는 게…… 이 작은 퍼포먼스도 하나 알아차리지 못하는 우매한 중생 앞에 선 이 상황이 무척 신선했다. 열기마저 올라왔다.

이런 걸 만족스럽다고 하는 건가. 가슴 뿌듯해지는 충만감은 느끼기에 분명 거짓이 아니었다.

살며 이 같은 우월감을 느껴 본 적 있었던지.

모두에게 넌지시 물어봤다.

"이게 무엇인지 대답할 수 있는 분 계십니까?"

"……."

"……."

"그거 돈 아니냐."

"만 원짜리지."

"돈이 아니면 뭐냐?"

"설마 돈이라는 답을 듣고 싶었던 거냐?"

"어른들을 놀리면 못 쓴다."

"참아 주고 있을 때 조심하거라."

시비조를 제외하더라도 예상대로 영양가 있는 답변은 없었다. 정말 아무도 모른다.

물론 이해한다. 아직 이 시대는 이런 개념조차 희박할 때니까.

친절히 대답해 줬다.

"아닙니다. 이건 돈이 아닙니다."

"돈이 아니라니?"

"그게 돈이 아니면 뭐라는 거냐?"

"이해할 수 없군. 돈을 돈이 아니라고 하다니 설마 우릴 놀릴 셈이냐? 아님, 어떤 함정을 파 놓고 우릴 떠보는 거냐? 네 논리를 관철시키고 싶어서?"

뭔 개소리들인지.

저 개소리들 때문이 아니더라도 사실 만 원짜리 지폐는 돈과 비슷한 개념이라 헷갈리긴 했다. 교환 가치로서 존재하는 건 마찬가지였으니.

일단 미소부터 장착했다. 설명해야 일을 진행하니까.

"설마요. 제가 이 시점에 여러분들을 놀려서 굳이 얻을 게 뭐가 있겠습니까? 물론 여러분을 이용하고픈 마음도 없습니다. 다만 미래를 살아가려면 이것과 돈이라는 것부터 제대로 구분해 내야 할 것 같아서 일부러 꺼낸 겁니다. 사실 제겐 철저히 손해죠. 이걸 알려 드리는 것만도 5억이란 컨설팅 비용이 책정됩니다."

"뭐 5억?!"

"대길아, 너 아까부터 자꾸 돈 돈 그러는데 실수하는 거란 생각 안 드니?"

"맞다. 너 갑자기 왜 그러냐? 하던 대로 좀 해라. 하던 대로."

"정희야. 네 아들 왜 그러니?"

나는 나 나름대로 중요하단 의미였는데, 자꾸 짖는다. 하나 짖으면 온 동네 개가 다 짖는 것처럼.

다만 느낌이 좀 희한했다. 몰려 있는 건 난데 도리어 저들이 불안해하는 것 같았다.

겁먹은 개라서?

원래는 이럴 생각이 아니었지만 이러면 나도 곱게는 못 간다.

빳빳하게 들이댔다.

"정당한 대가를 달라는데 뭐가 문젠가요? 여러분은 물건 살 때 돈 안 내십니까? 지식은 돈 주고 살 가치가 없다는 건가요? 이상하네요. 경제학 박사까지 초빙해서 과외받는 분들께서…… 뭐 어쨌든 전 하던 대로 할 생각입니다. 어차피 내놓은 자식이잖아요. 정 듣기 싫으시다면 나가셔도 무방합니다. 저는 잡지 않습니다."

"뭐, 뭐라고?"

"너 지금 우리보고 나가라는 거냐?"

"건방진 놈. 조금 신통하다 봐줬더니 아주 머리 꼭대기에 올라……."

"정희야~."

험악한 소리가 터져 나왔다.

나는 귀부터 닫아걸었다.

오로지 무시해 준다.

어차피 내 계획에 이들은 없었다.

정보란 괴물의 중요성을 온몸으로 겪은 내게 이들은 그야 말로 온실 속 화초였다. 그리고 온실 속 화초는 비바람이 치면 다 뒈진다.

화초에 할애해 줄 성의? 애초 그런 걸 나란 놈이 가지고 태어날 리가 없지 않나.

말없이 출구 쪽을 가리켰다.

이번엔 욕설까지 튀어나온다.

나도 꿈쩍하지 않았다.

오히려 조금 더 친절하게 바깥을 가리켰다.

기가 막힌 대치가 이뤄졌다.

일 대 삼십? 괜찮다. 저놈들 중 보란 듯이 이 자리를 박차고 나가 회합을 망칠 놈은 없다는 데 난 내 목숨을 걸어도 좋다.

시대의 또라이는 나 혼자만으로도 족한 걸 저들도 알고 있다.

기다려 줬다. 역시 아무도 나가지 않았다. 배짱도 없는 놈들.

소란도 시간이 지날수록 줄어들었다.

결국 화초는 화초이고 똥개는 똥개란 것만 입증한 셈이다.

나는 먼저 삼촌에게 허락을 구했다.

"나가시는 분이 한 분도 안 계시네요. 그런 분들이 욕은 왜 그렇게들 하시는지. 다시 양해드리지만, 방해만 안 해 주셨으면 좋겠습니다. 이 자리는 대양그룹 컨설팅 자리입니다. 엄밀히 말해 여러분들은 들을 자격이 없어요. 이분들 앞에서 다시 시작해도 되겠습니까?"

그러나 삼촌은 내가 생각한 것보다 더 무서웠다. 날 제지하며 이 자리의 주재자가 누군지 한 번 더 명확히 했다.

"그 전에, 제가 대길이한테 딴죽 걸지 말라는 부탁을 드렸는데 그새 잊으셨나 봅니다. 뭐 좋습니다. 대길이가 일단 5억을 불렀어요. 더 듣기 싫으시거나 감당이 어려우신 분들은 먼저 나가 주세요. 뭐든 공짜는 몸에 해롭지 않겠습니까?"

"……."

"……."

"……."

이 역시도 대답하는 이도 없고 나가는 이도 없었다.

짜증 나는 적막이 흘렀다. 그제야 이들도 나와 삼촌 사이가 심상치 않음을 눈치 챘다. 그리고 삼촌이 자존심 상해하는 것도.

아마도 한 번 더 날뛰는 순간 삼촌이 그놈부터 조질 거란 걸 깨달은 건지 자세가 무척 조신해졌다.

삼촌은 그제야 내게 눈짓했다. 시작하라고.

"두 번째 제안을 설명하기에 앞서 우선 돈에 대한 개념부터 알아야겠습니다. 돈이 뭘까요? 대체 뭐길래 우릴 이렇게

121

안달나게 할까요? ……하하하, 사실 돈이 뭐겠습니까? 돈은
역시나 돈이죠. 떡 사 먹고 소고기 사 먹고 차도 사고 집도
살 수 있는 최고의 수단. 이게 바로 돈이죠. 말장난이냐고요?
아니죠. 다시 말해 돈은 물건을 교환하기 위해 정해 둔 가치
입니다. 필요한 것을 바꾸기 위해 손잡은 인류적 약속이죠.
물론 이걸 단순히 하나의 수단으로 보기엔 곤란한 점이 많겠
죠. 거슬러 올라가면 조개껍데기부터 시작해야하니까요. 자
자, 여기 요 만 원짜리를 보십시오. 보통은 이 녀석을 돈이
라 부릅니다. 근데 전 이놈이 돈이 아니라고 합니다. 왜 그랬
을까요? 기능적인 측면에서는 확실히 같죠. 무엇을 바꾼다
는 의미에서는요. 그러면 제가 괜한 역하심정에 이러는 걸까
요?"

"……."

"……."

"하지만 어떡합니까. 돈과 요 만 원짜리는 분명히 다른
데…… 돈엔 만 원으로서는 도저히 따를 수 없는 절대적인
특성이 있어요. 마치 하늘과 땅처럼요. 그게 결정적인 차이
입니다."

"……."

"……."

딱히 대답을 기대하고 물은 게 아니었으니 나도 굳이 기다
리지 않았다.

"영원불변이죠. 동서고금을 막론하고 모두가 인정하는 가치. 그게 돈입니다."

"……?"

"……?"

아직도 모른다.

"그럼 서양에서나 동양에서나 모두가 인정하는 돈은 과연 뭘까요? 애초 그런 게 있나요? 의심하지 마십시오. 있으니까요 만 원짜리랑 비교하는 게 아니겠습니까?"

"……대길아, 혹 금을 말하는 거냐?"

삼촌이었다.

"역시."

내 긍정에 그제야 몇몇 사람들도 눈을 번쩍 뜬다. 모르는 것들은 여전히 모르고.

"이제부터 요 만 원짜리의 본질에 대해 말씀드리겠습니다. 간단히 말해 이건 그냥 종이쪼가리입니다. 국가라는 허상이 그 허상을 담보로 하여 만든 일종의 채권이죠. 만 원이라는 건 만 원만큼 국가가 보증한다는 얘깁니다. 아직도 돈과 이 화폐와의 차이를 모르시겠습니까?"

"알겠다. 계속해라."

삼촌이 다그쳤다. 빨리 더 듣고 싶다는 얘기였다. 언감생심. 누구의 명인데 거절할까.

"그렇다면 국가는 뭘 담보로 이런 종이쪼가리를 남발하고 있을까요? 국가가 사라지면 아무 가치도 없어지는 이걸 우리 왜 그렇게 신봉하고요. ……맞습니다. 본래는 요 만 원짜리를 들고 은행에 가면 만 원어치 금이나 은을 교환해 주는 게 그 시작이었죠. 그러나 이걸 어쩌나. 점점 커지는 세계 경제 규모에 비해 금 보유량이 턱없이 부족하게 됩니다. 금으로 통화량을 조절했는데 금이 부족하니 시중에 돈이 마르는 거죠. 이걸 통화량 부족이라 하는데 통화량의 부족은 넘치는 것보다 경제에 더 치명적인 악영향을 끼치게 됩니다. 디플레이션이죠. 물건값이 똥값이 되는 겁니다. 그럼 누가 생산을 하겠어요? 생산력이 떨어진 국가가 어떻게 되겠습니까? 결국 실물이 부족해서 생긴 문제가 실물을 망하게 하는 이상 현상이 벌어지게 됩니다."

"……."

"……."

"결국 기축통화국인 미국이 버티다 못해 큰 결단을 내리게 됩니다. 1971년 닉슨 쇼크가 바로 그것이죠. 이미 2차 대전 이후 하지 않았지만 이제 공식적으로 은행에서는 금을 취급하지 않게 됩니다. 이로 인해 금태환 제도가 사실상 막을 내리게 되는데 세계는 이를 대체하기 위해 누구를 위한 건지 모를 변동 환율제라는 제도를 택하게 되죠. 즉 국가 간의 신용도로 금을 대체한다는 건데, 환율이라는 더럽고 머리 아픈 게 이때 생기게 된 겁니다. 실물이 사라진 자리를 꿰차고 올라온 허상. 즉 종이쪼가리의 시대가 열린 거죠. 그럼, 이게 앞으로 어떻게 된다는 걸 뜻하는 걸까요?"

"……!!"

그때 삼촌이 탁자를 퍽 쳤다. 온몸이 경악에 물들어 있었다. 굳이 말하지 않아도 알 것 같았다.

"눈치 채셨나요?"

"너…… 이런 걸 언제……."

"거시 경제는 언제나 많은 의미를 품고 있죠. 그리고 찾아 먹는 건 늘 재빠른 놈이고요."

"너는…… 공부를 손에서 놨지 않았냐?"

"쓸모없는 공부라서 그랬습니다. 눈뜬장님이 되기 싫었으니까요."

"……그렇구나."

그가 인정하자 난 다시 서류철을 꺼내 전달했다. 이젠 자동으로 그의 손에 들어간다.

거기엔 긴말을 넣지 않았다. 앞으로 팽창할 숫자의 경제만 적었다. 지폐를 넘어 숫자로 변환될 세계와 그것이 실물 경제를 얼마만큼 압도할지에 대한 고찰 정도?

공장을 돌리고 물건을 판매하고 다시 재료를 사 와 공장을 돌리는 2차 산업 시대엔 어울리지 않는 오버테크지만 삼촌이라면 알아들을 것이다. 아니, 반드시 알아먹어야 했다.

"중요성을 인지하신다면 이참에 이런 제안을 드리고 싶습니다. 국내외 자금 흐름을 면밀하게 파악하기 위한 조처로 현재 대양생명 내 부설 경제연구소를 분리·격상시켜 대양경 제연구소를 설립하셨으면 좋겠습니다."

"경제연구소?"

"국가 예산이 우습게 보일 정도의 돈놀이 시대가 올 텐데 그에 대비해야겠죠. 물론 이건 보너스 제안일 뿐입니다. 해도 되고 안 해도 되는…… 자, 다음으로 넘어가도 되겠습니까?"

"크흠…… 잠시, 잠시만 기다리거라."

삼촌도 잔뜩 상기됐다.

또 멈칫한다. 묻고 싶은 게 천지인데 여기에서 나를 붙잡는 게 더 좋지 않음을 깨달은 것 같았다. 그럴수록 정보가 누설될 테니. 결국 재빨리 허락했다.

"……됐다. 이제 시작하거라."

"세 번째는 간단하면서도 가장 어려운 문제입니다. 무엇보다도 회장님의 의지에 따라 직접적으로 성패가 갈릴 일인데 사안의 중요성에 따라 이번 건은 특별히 문건으로만 대신하고자 합니다."

다시 서류철을 꺼내 내밀었다.

또 뭔가 있나 싶어 잔뜩 기대했던 이들에게서 적잖은 실망감이 전해졌지만, 이 부분에서만큼은 일부라도 노출돼선 곤란했다.

미래전략실의 운용.

126

맨파워 향상과 더불어 대대로 이어질 정권에 흔들리지 않을 대양공화국 설립에 대한 진지한 방법론이었으니 아는 사람이 적을수록 좋았다.

서류철을 넘겨받은 나선우는 부들부들 떨리는 손길을 필사적으로 제어해야만 했다.

'이건……! 세상에…….'

한 장 한 장 넘길수록 그룹의 미래가 펼쳐진다.

끝도 없이 뻗어 나갈 대양호. 그리고 그에 탑승할 대한민국.

주와 부가 바뀐 듯…… 그러나 나건우는 속을 후벼 판 것 같은 시원함을 느꼈다. 이만큼 자신을 잘 이해하는 보고서가 또 있을까.

어떤 건 몇 단계 뛰어넘는 방향성까지 제시하고 있다. 어찌나 디테일한지 가만히 있어도 그림이 그려질 정도였다.

나건우는 진실로 경악했다.

'말도 안 돼. 어떻게…… 쟨 겨우 스무 살이라고.'

던지는 모양새가 심상치 않다고 느낄 때부터 주변을 의심했다.

아직 자신의 왕좌는 확고하지 못하다.

어머니 박순희 여사부터 이곳에 모인 모든 자. 혹은 그에 준하는 영향력을 가진 자.

어떤 의도가 숨어 있고 그게 자신을 노리고 있음을 가정하고 모두 용의선상에 넣었다.

화려함 속에 감춰진 치명적인 함정을 찾으려 했다. 어떤 놈이 감히 순진한 애를 꼬셔 일을 벌였나 찾아내려 했다.

'이건 아니야. 이건 내가 처음부터 잘못 판단한 거야. 세기의 석학이라도 이토록 명료하게 미래를 만들어 내는 건 불가능해. 처음부터 내가 잘못 본 거야.'

너무 뛰어나다. 너무 뛰어난 게 오히려 오대길의 알리바이를 입증했다. 세기의 석학이라도 불가능한 미션을 누가 도와준다고 만드는 게 가능할까.

'천재였나? 하필 방계에서 천재가 나오다니. 하지만 2%가 부족해. 내가 고심했던…… 마지막 하나의 퍼즐은 녀석도 짚어 내질 못했어. 크으음.'

물론 이것만 해도 50억이 아깝지 않았다.

평생에 다시 만날 수 있을까 자신할 수 없는 보고서였고 이것만으로도 오대길은 충분히 자신의 가치를 입증했다.

그러나 큰 관점에서 보면 어차피 할 일이었다. 할 생각을 잡아 가고 있던 차였다. 진실로 놀랍긴 하지만 냉정하게 본다면 단지 그뿐이었다.

'내가 너무 많이 바랐던가. 대길아, 대길아, 오대길~.'

이가 절로 악물렸다.

잡힐 듯 말 듯 안갯속에 숨은 그것.

벌써 몇 개월째 밤잠을 설치게 하고 또 포기하지도 못하게 하는 그것.

애간장이 다 녹아 버릴 것 같은 절실함 속에 뼈에 박힌 고통을 몸이 기억하고 있다.

치가 떨리지만 나건우는 곧바로 반성했다.

오대길은 오대길이고 자신은 자신이다.

자신이 할 일을 한순간이나마 남에게 기대한 건 리더로서 실격.

'이건 전적으로 오너가 해결할 문제야. 남에게 부탁할 게 아니고. 하지만…… 그래도 아까운 건 어쩔 수가 없군. 조금만 더 나가면 잡을 수 있을 것 같은데.'

이런 걸 만들어 낼 오대길이라면.

그런 녀석에게 조그만 계기를 만들어 준다면.

'아냐. 한 번에 너무 많은 걸 기대했을 수도 있어. 아직 시간은 많으니까 천천히 가자. 대길이가 어디 가는 건 아니잖아.'

가능성을 본 것만도 오늘 회합은 뜻깊었다.

그리고 실수를 인정해야 했다.

'너무 쉽게 격동했어. 자중했어야 했는데.'

선장으로서 흔들리는 모습은 좋지 않았다.

결국 안 되나 싶어 주먹을 불끈 쥐는데 오대길이 씨익 웃으며 가방에서 천을 하나 꺼내는 게 보였다.

펼치니 흰 바탕에 기울어진 타원이 하나 그려져 있었는데 거기에 영문으로 'DAEYANG'이 적혀 있었다. 한자로 만들어진 로고와는 확연히 차이 나면서도 세련된 로고였다.

"너!"

그걸 보는 순간 나건우의 몸이 들썩였다.

"앞서 드린 제안은 모두 이걸 전제로 진행될 방법론일 뿐입니다. 앞으로 대양은 국내를 넘어 세계 속 기업으로 성장하여야 하니까요. 회장님의 제2 창업과 일맥상통한 얘긴데요. 즉 기존을 넘어 한층 더 높은 곳에 올라야 한다는 걸 뜻하죠. 그러기 위해선 우선 현재의 중구난방을 버리고 통일된 이미지를 구축할 필요가 있다는 게 제 생각입니다. 자자, 이제부터 눈감고 상상해 보십시오. 대양이라면 떠오르는 단 하나의 이미지. 세계인의 기억 속에 남을 대양이라는 기업의 얼굴. 떠올려 보십시오. 모든 계열사가 하나의 얼굴로 세계인들에게 말합니다. 우리가 바로 대양이라고."

"세계인…… 하나의 얼굴!"

나건우의 입이 떡 벌어졌다. 온몸을 벌벌 떨고 있는데도 그는 자신을 인식하지 못했다.

"맞습니다. 미국, 유럽, 아프리카, 아시아 어딜 가서도 이 로고 하나면 통할 이름. 회장님의 대양은 그런 이름이 될 테고 대세계인을 상대로 기안한 이 프로젝트를 저는 이렇게 명명하고 싶습니다. 글로벌 대양이라고."

글로벌 대양!

쿵.

심장이 아래로 쑥 꺼지는 줄 알았다.

나건우가 벌떡 일어났다.

앞뒤 가리지 않고 달려가 온몸으로 부딪쳐 안았다.

"바로 이거다! 바로 이거야! 으하하하하~."

"후우……."

꿈결같이 일이 지나갔다. 다시 되돌려 봐도 나부터가 꿈인지 생시인지 잘 모르겠다.

무슨 일이 지나가긴 한 건가. 현실 구분도 되지 않고. 내가 기억하는 게 정말 실제로 일어난 일인지. 나 혼자만 북 치고 장구 치고 하며 꿈꾼 게 아닌지.

헷갈렸다. 진짜로 해낸 걸까? 이 모든 게 정말 다 진실로 일어난 걸까?

질문을 던질수록 괜히 소심해지고 괜히 쭈그러들고. 누구에게도 물어보지 못하고 방구석에만 웅크려 있다.

내가 왜 이럴까? 그까짓 게 뭐라고 이리도 쫄까. 정신 차려라. 넌 오대길이다. 이 자식아.

"진정하라고. 지금 네가 복권 당첨된 사람처럼 이러면 안 되잖아. 아직 너는 갈 길이 멀어. 손에 쥔 것도 없고."

아무튼 후폭풍을 제대로 맞은 것 같았다.

한 번도 느껴 보지 못한 제대로 된 성공.

한 번도 느껴 보지 못한 제대로 된 인정.

거기에 휩쓸려 순간적으로 나를 놓쳤다.

온몸이 부서질 것처럼 떨림에도 나는 또 그만큼 조심스러웠다. 혹여나 이 일이 틀어지진 않을까 불안했다.

"걱정 마라. 잘될 거다. 네가 되지 말라 기도해도 삼촌이 그리 놔두지 않아. 네 삼촌을 몰라? 그 양반은 절대로 가만히 있지 않아."

아무렴. 나도 안다. 아는데 잘 안 된다.

손을 들어 보았다. 은은한 잔떨림이 아직까지 남아 흐른다. 어젯밤 그 짜릿했던 순간의 감격. 지금까지도 내 손끝에 남아 나를 격동시키지만……

나는 알았다.

"방심은 하지 않는 게 좋아."

삼촌한테 인정받은 건 좋다. 모두를 충격에 휩싸이게 했으니 잘했다. 아슬아슬한 장면도 있었지만 어쨌든 무사히 넘겼고. 준비한 것도 모두 꺼냈고 나도 나름 만족하였다. 삼촌이 달려와 안아 줄 때는 날아갈 것처럼 좋기도 했다.

지금도 되돌아보면 소름이 끼치지만, 달리 말하면 이제 겨우 시작일 뿐이었다. 나는 이제 겨우 첫걸음을 뗐고 지난 10여 년간 내게 박힌 이미지는 아직도 영롱히 빛을 발했다. 게다가 난 나이도 어리고 학력도 고졸이다.

내 능력에 대해 증거할 무엇도 갖추지 못했다.

이게 나의 현실적 포지션. 그렇기에 나는 더더욱 치밀한 준비가 절실했다. 굴러온 돌이 박힌 돌을 빼내려면 몇 배는 더 강력해야 하니까.

어제보다 더한…… 아주 옹골차면서도 삼촌의 귓방맹이라도 후려칠 강력한 한 방이 더 필요했다.

"기회가 올 거야. 기다림도 얼마 안 갈 테고. 삼촌은 반드시 나를 또 부르게 돼 있어. 그때까지 좀 더 구체적인 계획이 필요해."

마음을 다잡았다. 마음을 다잡으며 난 어젯밤 또 내게 있었던 일을 떠올렸다.

"잠시만 기다리시면 회장님께서 오실 겁니다."

회합이 끝난 후, 내게로 붙은 비서실장으로 인해 간 곳은 본가 서재였다.

"내가 사고 치긴 확실히 쳤나 봐. 여길 다 들어와 보네."

진짜 궁금했었다.

서재는 대양의 모든 대소사가 결정되는 곳이었다. 온갖 신비와 권위가 넘치는 곳이었고 40평생 한 번도 들어와 보지 못한 곳이기도 했다.

내게 서재는 그런 곳이었는데.

"으음……."

막상 들어와 보니 달리 특별한 건 없었다.

가뜩이나 어두운 실내에 영국산 통나무 테이블마저 어두운 색상이라는 것, 앞에 하나 있는 손님용 소파도 역시 어두운색이라는 것 외 나머지는 드라마에 나오는 회장님 서재와 다를 바 없었다.

살짝 실망하려는데 삼촌이 들어왔고, 그가 들어옴으로 인해 난 서재가 왜 대양의 대소사를 관할하는 장소로 쓰이는지 피부로 실감하였다.

"단도직입적으로 말하겠다. 내 양자로 오는 건 어떠냐?"

"네?!"

"음…… 이건 재호 때문에 좀 그런가? 하긴 여러모로 무리수가 있지. 좋아. 뭘 해 줄까? 어서 말해라."

"뭘……요?"

"돈 때문이라고는 하지 마라. 네가 나선 이유. 아니지. 이 삼촌을 업신여기는 게 아니라면 좋은 말로 할 때 네 안에 있는 걸 까 보이는 게 좋겠구나. 삼촌은 지금 무척 진지하단다."

"……"

다짜고짜 몰아치는데 기세가 보통이 아니었다.

아까와는 전혀 딴판의 무게감이었다.

'무슨 눈빛이……'

번뜩이는데 가만히 있다간 갈기갈기 찢길 것 같은 예리함이 흘렀다.

시커먼 서재까지 한몫해 삼촌으로부터 오는 압력을 늘렸다.

혼자서 아주 돌아 버릴 것 같았다.

'왜 이래. 갑자기 무섭게…… 난 돈만 주면 되는데……'

돈이라고 말하고 싶은데 하필 그걸 말하지 말란다. 그러면서 또 뭔가를 빨리 말하란다. 없으면 지어서라도 하라는 건가.

여기에서 더 원하는 게 없다 했다간 오히려 다른 의도가 있다고 의심할 정도였다.

그랬다간 올 돈이 사라진다.

그건 절대로 안 될 일이었다.

"이, 일본으로 보내 주세요."

느닷없이 튀어나온 말이었다.

"일본? 거긴 왜?"

"거기 그게 있지 않습니다. 안 그래도 한번 가 보고 싶었는데 겸사겸사로요. 비밀스럽게."

"왜 하필 거기냐. 갈 만한 계열사도 많은데. 설마 무슨 문제점이라도 발견된 거냐?"

"그런 건 없습니다. 가 보지도 못한 곳의 문제점을 알 만큼 신적이지도 않고요. 다만 한 번도 가 보지 못한 나라고, 간 김에 견문도 좀 넓히려는 거죠. 와세다 대학은 명문 중의 명문이지 않습니까?"

"컨설팅은 미리 봐서 아는 거냐? 이거 웃긴 놈이로고."

"……"

"알았다. 보내 달라니 보내 주지. 다만 이왕 간 김에 잘 살펴봐라. 거긴 그룹의 아킬레스건이다. 무슨 소린지 알겠지?"

"넵."

당시엔 어서 보내 주기나 하세요~ 했는데…….

지금 돌아보니 내가 무슨 짓을 한 건지 모르겠다.

갑자기 일본이라니.

이 시기엔 한 번도 가 본 적 없는 곳인데.

요즘 따라 유난히 눈을 자주 마주치시는 어머니 나정희 여사의 시선을 피해 방으로 피신한 게 벌써 며칠째.

일본에 보내 주겠다던 삼촌은 연락도 없었다.

할 수 없이 난 밥 먹을 때를 제외한 어떤 시간도 방 밖으로 나가지 않았다.

어머니의 시선이 부담되는 것도 있지만 나도 나 나름대로 바빴다.

준비는 백 번을 반복해도 모자라는 법이니까.

"어떤 문제로 나를 부르게 될까? 필시 다시 부를 정도면 그룹 차원의 사업일 확률이 높은데…… 결국 이쪽을 더 살펴봐야 하나?"

대한민국의 80년대를 지나 대망의 90년대를 이끌어 갈 사업은 몇 가지가 되지 않았다.

그중 가장 핵심을 뽑으라면 딱 한 가지인데…….

그게 대양의 포트폴리오에도 포함돼 있었다.

그리고 이틀 전부터 계속 불안한 게 아무래도 그게 주 의제로 나올 것 같기도 했다.

"안 되겠어. 이대로 가다간 먹히겠어."

잊지 말아야 한다.

내 상대는 구청에서 주최하는 문화강좌의 수강생도 아니고, 술자리에서 개똥철학이나 읊는 친구도 아니고, 주변 흔남도 아니었다.

앞으로 대한민국이라는 나라를 손에 쥐고 흔들 시대의 거인.

강력한 힘으로 세계를 상대로 쭉쭉 나아갈 대한의 거인이었다.

괜한 판단으로 섣불리 상대했다간 뿌리부터 뜯겨 박살 날지도 모른다.

난 내가 가진 지식을 통째로 뽑아내 체계적으로 정리해야 할 필요성을 느꼈다.

"조금 이르긴 하지만 반드시 갈 사업이라면 내가 먼저 가야 해. 가장 중요한 점부터 파고들고 핵심, 확장성 그리고 어떤 장애물이라도 물리칠 수 있는 돌파력까지 어느 것도 놓치면 안 돼. 이제부터라도 늦지 않게 가야 하는 거야."

맥은 일단 잡았다.

이젠 어떻게든 결론 내야 했다.

그리고 결론은 언제나 대양을 향해야 함을 잊지 말고.

한참 열중하고 있는데 문이 스르륵 열리며 누가 고개를 빼꼼 내밀었다.

오민선이었다.

"어, 있었네."

"……."

"야! 나왔다고."

"……왜? 왜 온 건데?"

"내가 못 올 데 왔냐?"

아예 확 들어온다.

"야! 나가."

"뭐야? 동생이 모처럼 보러 왔는데 나가라니."

"나 바쁘다. 그리고 사람이 있나 확인하려면 노크부터 하는 거 모르냐? 누가 너 들어와도 괜찮댔어."

"내가 언제 노크하고 다녔다고 그래. 이왕 들어왔으니 그냥 넘어가."

"그따위로 나오면 나도 네 방에 막 들어간다."

"쳇, 더러워서…… 나도 부탁 아니었으면 네 방 따위 오고 싶지 않았다고."

짝다리까지 짚고 표정도 영 불량스럽다.

한창 바쁠 때인데…….

나도 지금은 예민하다.

"꺼져 그럼. 나도 네 얼굴 보기 역겨우니까."

"뭐, 역겹다고? 이게 아주 삼촌한테 인정받았다고 기고만장하는데. 그만해. 봐주는 것도 한계가 있다."

"니가 날 봐준다고?"

"지금까지도 많이 봐줬어."

"그냥 가라. 나 바쁘다."

"바쁘긴 뭐가 바빠. 며칠째 나가지도 않고 있더만. 나도 알긴 다 알거든."

"알긴 네가 뭘 알아? 총회합 때 오지도 못한 주제에."

"그건 엄마 때문에 그런 거고. 몰라. 일단 오늘 밤에 나오기나 해."

"뭔 소리야?"

"대후회에서 널 데려오래."

대후회?

순간 멈칫했다. 처음 들어 보는 이름이다. 뉘앙스상 어떤 모임 같은데 기억에 전혀 없었다.

그리고 하필 대후회가 뭐지?

후회한다는 건가? 작명 센스 아주 대단하다.

"그게 뭔데?"

"대후회도 몰라? 하긴…… 네 주제에 모르겠지. 넌 네가 따돌림당한 것도 모르지?"

"가족이 더러울 때면 오히려 남보다 못하다더니. 넌 그게 오빠한테 할 소리냐?"

"누가 내 오빠야?! 네가? 이게 아주 웃겨."

"너 그러다 나중에 피눈물 흘린다."

"너나 피눈물 흘리지 말고 이따 저녁에나 나와이~씨."

"끝까지 반말 찍찍이네. 너 나 데리러 온 거 맞지?"

"……그렇지."

"내가 안 나가면 어떻게 되냐?"

"그건……."

이쯤 되니 대후회인지 뭘 후회한다는 건지 모를 모임의 실체가 뭔지 알 것 같았다.

"누가 시키면 쪼르르 달려와 알리는 꼬붕 주제에 자꾸 까불면 그 대후회인지 뭔지에 절대로 안 나간다. 한번 해볼래?"

"씨이~ 나 꼬붕 아니라고."

아니라고 우겨 봤자 뻔했다.

내 판단에 진실로 대양가 후계자 모임이 맞다면 그들이 진짜로 다 나온다면, 오민선은 그야말로 밑바닥이었다.

첫째 이모 아들이 어머니랑 다섯 살 차이 났던가?

"거기서 뭐 하는데?"

"뭐 하긴. 친목도 다지고 그룹의 사업도 얘기하고……."

참으로 끼워 줬겠다. 제 한 몸 꾸미기도 버거운 중딩한테. 어디 들러리나 서는 게 눈에 훤했다.

그러고 보면 이 철모르는 중딩을 어떻게 해야 하나 대책이 서지 않았다.

나도 진지하게 나섰다.

"아는 거나 말해. 쥐뿔도 모르는 쪼그만 게 아는 척 나대지 말고."

"그냥 대양가 후계자들 회의라고. 오늘 밤에 열린다고 널 데려오래."

"누가? 뭐 하러?"

"총회합이 끝나면 항상 모였어. 네가 몰라서 그렇지."

"그러니까 누구냐고?"

"아, 몰라. 나오기나 해."

"아, 씨바, 죽겠네."

"너 지금 나한테 욕한 거야?!"

"아니, 나한테 소식 전할 게 너밖에 없었어? 거기 아무도 없었어?"

"내가 제일 가깝잖아. 그게 당연한…….."

"아니, 그걸 왜 네가 전하냐고! 다른 사람 다 놔두고. 이 씨발 것들이 진짜. 서 실장! 서 실장~!!"

소리를 빽빽 질러 댔다.

잠시 후 서 실장이 헐레벌떡 달려왔다.

"서 실장, 대후회라고 들어 봤어?"

"네, 후계자분들께서 사적으로 만든 모임입니다. 보통 1년에 한두 번 모이는데 총회합이 끝나면 반드시 모이곤 했죠."

"내가 왜 몰랐는데?"

"저들이 원하지 않았으니까요."

"왜 알리지 않았어?"

"알려 봤자 도련님께 도움되지 않지 않습니까? 열 받는다고 깽판 놔 봤자 돌아올 게 뻔한데요."

"…….."

할 말도 없을뿐더러 더욱 열이 뻗쳐올랐다.

설사 내가 자기들 기준에 맞지 않았다손 치더라도 불렀잖나. 정식으로 불렀다면 전령으로 중딩 여자애를 보내는 건 아니었다.

적어도 나보다 나이가 많은 사람이 와서 그간의 자초지종을 설명하고 오늘 밤 모이는데 같이 가지 않겠냐는 제안을 했어야 그것들 수준에도 맞았다.

결국 나도 그렇고 우리 집안도 그렇고 이 씨발 것들이 다 개무시하는 거다.

"그래, 늬들이 이렇게 나온단 말이지?"

저녁 7시가 되어 웨스턴 호텔로 갔다.

입구부터 제당 쪽 인물들이 심심찮게 보이는 거로 보아 아마도 오늘 모임의 주최는 장남네 무리들 같았다.

날 부른 것도 아마 장남네 중 하나이지 않을까 싶었다.

어이가 없었다. 원래 내 취향이라면 콧방귀 뀌며 나오지 않아 주는 게 정석이지만, 놈들의 행실이 나를 결국 이곳으로 부르고야 말았다.

"씨벌쒜뀌들이 감히 누구한테 장난질이야. 뒈지려고."

아무래도 오늘 지옥에서 올라온 헬파이어의 미친 몸놀림을 오늘 개잡것들에게 보여 줘야 할 때인 것 같았다.

그래서 일단 지켜봐 주러 왔다.

대체 얼마나 대단한 짓거리들을 하는지.

얼마나 고상한 짓으로 자기들만의 리그를 즐기는지.

안내원의 몸짓에 따라 열린 문으로 가뿐하게 입장해 주자마자 수십 명이 동시에 나를 쳐다봤다.

순간 내가 주인공이었나? 착각이 들 정도였다.

하지만 아니다. 딱 봐도 '저게 왜 여기에 있어?'라는 눈빛이었다.

그제야 알았다. 모르는 거다. 이 중 대다수가 내가 여기에 오는 것도 모른다.

우와~ 감격. 이걸 대체 어떻게 받아들여야 할까. 함정일까? 아니다. 필시 어떤 목적이 있는 건데…….

그것보다 이 자식들 숫자가 우선 더 거슬렸다.

"정말 많기도 하네. 뭔 자식들을 이렇게 싸그리들 많이 낳아 놨는지. 밤만 되면 애만 처 낳았나."

내부에 있는 수십 명이 다 대양 식솔이다.

첫째 이모가 낳은 자식 다섯에 그 다섯이 낳은 자녀가 주르륵.

장남 쪽으로 셋에 그 자식이 또 주르륵.

차남 쪽으로, 둘째 이모, 셋째 이모…….

일일이 세다가 내 명줄이 끝나겠다.

이름도 모르는 것들은 패스.

기어코 고개를 털고 나서야 나재호가 동생들을 데리고 왔다.

"너 어떻게 왔냐?"

이 녀석도 대뜸 첫마디가 이거라.

"너도 나 오는 줄 몰랐냐?"

"응."

"그럼 누가 부른 거냐?"

"오늘 회의는 제남이 형이 준비하긴 했는데."

"제당 쪽에서 부른 거구나."

"그럴 수도 있겠지. 잘 지냈어? 며칠 잠잠하길래 목매달고 뒈진 줄 알았는데."

"오늘은 건들지 마라. 나 기분 안 좋다."

나재호도 아래로 여동생만 셋이다.

그 셋이 오민선을 챙기자 나재호는 나를 데리고 살짝 떨어진 곳으로 갔다.

"뭐 안 풀리는 거 있냐?"

"솔직히 말해 너도 의심했다."

"뭘?"

"민선이 시켜서 나 부른 놈."

"그게 무슨 소리야?"

"씨바, 내가 이 모임을 모른 건 그렇다 치더라도 부르려면 이렇게 부르면 안 되지. 내가 거지새끼야?"

"설마 너 부르는 데 민선이만 딸랑 보낸 거냐?"

"내가 열 받겠냐 안 받겠냐?"

"받겠네. 그럼 어떻게 할 건데?"

"누군지는 봐 봐야지. 그래서 온 건데."

"쿠쿠쿡, 오늘도 재밌겠네. 기대할게."

"너무 기대하지 마라. 안 그래도 지켜보는 눈이 많아 괴롭다."

"알았다. 알았어. 일단 인사나 하러 가자. 왔잖냐."

나재호는 나를 데리고 장남의 아들에게로 데려갔다.

장남의 아들이지만 둘째고 늦게 낳은 편이라 나랑 그리 차이가 나지 않았다. 한 일곱 살쯤?

"제남이 형, 대길이 왔어요."

"안녕하세요?"

"왔나?"

불러 놓고 그리 반기는 투도 아니었다.

나도 예의 차리자고 온 자리가 아닌 터라 잘됐다 싶었다.

다짜고짜 물었다.

"형이 민선이 보냈어요?"

Chapter 10. 말조심부터 배워야겠어

"민선이?"

"네."

"왜?"

"그냥 묻는 거예요. 민선이가 방에 찾아와서 누가 여기 나오라 했다길래."

"부르긴 불렀는데 내가 너를 잘 모르잖냐. 가까운 사람한테 알리라고 시켰다. 그게 민선이한테 갔나 보네."

이놈이었다.

"왜 부른 거예요?"

"너도 이젠 나와야 하지 않겠냐? 언제까지 따로 놀 순 없는 거고."

"갑자기요?"

"알 때도 됐지. 개과천선했으니 우리도 기회를 줘야지."

"기회요? 에이, 그냥 이유나 말해 줘요. 그게 서로 편하잖
아요. 말 돌리지 말고."

"야! 오대길. 너 우리 형한테 그게 무슨 말뽄새야?!"

갑자기 끼어든 놈은 나제남의 동생 나제국이었다. 이놈도
나랑 동갑이었다. 장남 쪽은 삼남매였는데 나이 많은 누나는
재호네 동생들이랑 벌써 저쪽에서 놀고 있다.

"너는 왜 소리치는데? 뭔데 끼어들고. 내가 니네 형이랑 얘
기하는 거 안 보이냐?"

"그러니까 예의를 갖추라고, 자식아. 우리 형이 네 친구
야?"

"친구 아니니까 대우해 주는 거잖아, 새끼야. 이게 아주 기
세가 등등하네. 너 그 눈 뭐야? 지금 꼬라보는 거냐? 이게 미
쳤나. 당장 눈 깔아라. 내 손에 뒈지기 싫으면."

"뭐, 뭐라고?!"

"너 여기 사람 많아서 까부는 거냐? 이 쉐끼가 너 나 누군
지 몰라? 나 오대길이야. 이 자리에서 함 엎어 줄까? 개박살
함 나 볼래?!"

"이, 이……."

"그만해라. 제국이는 저리로 가고 대길이도 그만해라. 오늘

널 부른 건 다른 이유가 아니다. 형제간에 너무 소원하게 지내는 것도 아니라 판단해서 형님 누나들께 자문하고 허락받은 거다. 이 이상은 소란 일으키지 마라."

"그러게 왜 그러셨어요. 그냥 놔두지. 나 같은 놈이 와 봤자 벌써 물만 흐리잖아요. 주변 좀 보세요. 다 싫어하잖아요."

안 그래도 싫어하는데 으르렁거린 것 때문에 주변 공기가 더욱 싸늘해졌다.

이들의 인식에 결국 나는 이 정도였다.

흥! 코웃음 쳐 줬다. 이래 놓고…… 너무 소원하게 지내는 것도 아니라고? 누굴 호구로 아나. 지들이 언제부터 나를 그렇게 챙겼다고.

필시 삼촌한테 제출한 보고서의 내용이 궁금해서일 것이다. 대충 술 좀 먹이고 달래면 술술 나올 거라 판단한 모양인데.

나제남의 표정만 봐도 답은 금방 나왔다. 자문 또한 형님 누나들께 구한 게 아니라 제 부모들한테 구한 거라고. 그들이 시켜서 나를 이 모임에 부른 거라고.

"웃기지도 않네. 씨벌."

"뭐라고?!"

"들렸나 보네요. 혼잣말인데."

"너 이 자식, 버르장머리가 왜 이래?!"

"또 소리 지르시네. 난 그냥 혼잣말한 건데 다들 왜 이러실까."

"너 인마. 이젠 내가 형님으로도 안 보이냐?"

"인마라…… 그러게 갑자기 왜 이러셔. 니가 언제 날 동생으로 대우해 줬다고."

"뭐, 뭐라고?!"

"제국이가 그러더니 이젠 제남이 너까지 나랑 얼러 보시려고요? 충심으로 조언하는데 그냥 앉아 계세요. 너 그러다 한 몇 달 못 일어납니다."

"너, 너…….."

손가락질해도 결코 못 덤빌 걸 난 잘 알았다.

이놈이나 저놈이나 노려보기나 하는 놈들이 뭘 어쩔까나.

장남네 새끼들은 다 비실비실하여 둘이 덤벼도 나 하나를 못 당한다.

다른 이들도 거의 그랬다.

아니, 대양가 자체가 육체적 대화와는 거리가 멀었다. 할아버지도 그랬고 이어진 삼촌도 그랬고.

있다면…… 저기 라이벌 그룹인 현수의 왕회장님 일가 정도면 좀 모를까. 그쪽 무리는 뼈대부터가 좀 강했다. 솔직히 말해 나도 거기랑 다이다이는 좀 자신 없었다. 워낙에 다들 강골이라.

하지만 여기선 내가 짱 먹는다. 마음만 먹으면 들어 엎는 것도 쉬웠다. 당장에라도 그리한다 한들 후환도 없을 것이고. 내가 사십 먹을 때까지 이 모임을 몰랐다는 건 곧 없어졌다는 것과 진배없는 거니까. 아마도 계열 분리 후 쫑났을 확률이 높았다.

'씨바, 이왕 나온 김에 오늘 좋내 줘?! 안 그래도 요즘 스트레스받는데…… 그래 너 오늘 잘 걸렸다.'

절반쯤 따라진 샴페인을 집어다가 얼굴에 확 뿌려 주려는데 하필 그 순간 드르륵드르륵 삐삐가 울린다.

화면에 8282까지 찍혀 있다.

"삐삐 왔네. 8282야? 빨리 전화해야겠네. 여기 전화가……."

"넌 여태 전화기도 하나 없냐?"

내가 두리번거리자 나제남이 테이블 위에 있던 전화기를 들고 알랑댄다. 졸라 커서 벽돌로 써도 괜찮을 것 같았다. 이거로 대가리나 찍을까?

얼른 뺏어 전화부터 넣었다.

"난데 서 실장. 왜? ……뭐?! 내일 입금할 거라고? 어디에? 뭐라고?! 내 통장에 꽂는다고?!"

컨설팅 비용을 벌써 넣어 준단다.

그것도 내 통장에…….

아, 왜? 별안간, 느닷없이, 갑자기 시키지도 않은 짓을…….

그러면 안 된다. 내 통장에 들어와도 되긴 하는데 그랬다
간 일이 좀 복잡해진다.

"알았어. 알았어. 일단 끊어 봐. 알았어. 알아보고. 아 쫌!"

끊자마자 바로 그룹 비서실로 전화를 넣었다.

이번엔 비서실장이 곧장 받았다. 저번에 날 서재로 밀어
넣었던 그놈.

"저 오대길인데요. 네네, 잘 지내죠? ……여기요? 여기도
괜찮죠. 한번 오실래요?"

갑자기 돈 얘기부터 꺼내기 민망한지라 괜히 친한 척 좀 해
준 건데 씨발이 본론부터 꺼내란다.

"근데 이번에 대금을 제 통장에 넣는다고 들었어요. 아, 맞
다고요? 그거 잠시만 기다려 주실 수 있나요? 예예, 그렇죠.
이렇게 하는 게 어떨까요? 네네, 그게 서로에게 좋을 것 같아
서요. 회장님께 보고하겠다고요? 그렇게 해 주세요. 네, 그렇
게 알고 있을게요."

어쨌든 겨우 막았다.

'그건 그렇고 이거 마냥 넋 놓고 있어선 안 되겠는데. 이놈
들 혼내 주는 건 다음에 하고 일단 미국 일부터 봐야겠어. 그
래야 일이 착착 진행될 것 같아.'

계획을 더욱 앞당겨야 할 필요성을 느꼈다.

다시 서 실장한테 전화 걸었다.

"응, 난데. 미국에 아는 사람 있어? 다른 건 아니고 회사 하나

차리려고. 그냥 좀 차린다고. 그만 좀 물어. 일단 잘 들어. 명청하면 곤란하고. 연봉 10만 달러 준다고 해. 자리도 투자회사 대표야. 어떤 사람이 필요한지 알겠지? 나 바로 넘어갈 테니까 준비해 놔. 으응? 어디로 가냐고?"

아직 안 정했다.

어디로 갈까? 뉴욕? 나성? 워싱턴?

아니다. 나 같은 놈이 차릴 회사라면 꽤 괜찮은 곳이 하나 있었다.

지금 즉시 거기로 갈 생각이다.

나흘 후.

여긴 도쿄 시내 한복판이다.

"이제 좀 돌아가. 굳이 여기까지 쫓아올 필요는 없었잖아."

"어디로 가란 말씀이십니까? 제가 있을 곳은 도련님 옆입니다. 더는 말씀 마십시오."

"그런 말을 하는 게 아니잖아."

"알죠. 잘 알죠. 그래서 더더욱 안 됩니다. 저도 곰곰이 생각해 봤는데요. 대체 뭘 꾸미시는지 제가 직접 다 봐야겠습니다."

"아씨, 다 봤잖아. 미국에 회사 차렸고 일본으로 바로 들어온 거고. 일본엔 호텔 연수고."

"정말 연수입니까? 이 서진명이를 바보로 여기시는 건 아 니고요?"

"설마…… 내가 서 실장을 바보로 여길 리가 있냐고. 일단 은 시키는 대로 사는 거야. 그래, 이미지 변신."

"뭐 좋습니다. 아주 좋은 핑계시네요. 그러니까 제가 여기 와 있어도 별 방해될 건 없겠어요."

"어후……."

서 실장이 일본까지 따라붙었다.

사람이나 하나 보내 달라 부탁했더니 미국까지 쫓아와 사 람면접부터 법인 세우는 것까지 다 따라다니며 꼼꼼히 체크 하고는 이제 돌아가나 했더니 이렇게 일본까지 쫓아와서 감 놔라 대추 놔라 한다. 괜히 집이나 지키고 있을 김충수까지 데리고 와서.

그러고 보면 김충수 얘도 늙을 때까지 날 지키던 놈이었는 데 이때부터 우리 쪽에 속한 건 처음 알았다.

어쨌든 외모도 그렇고 실력 하나는 대단한 놈이라 나쁜 선 택은 아닌데 서 실장이 문제였다.

"왜 한숨이세요? 아무리 봐도 수상하지 않습니까? 사업 쪽으론 평소 관심도 없던 분이 델라웨어 주에 법인 혜택이 큰 건 어떻게 알았나요? 이번에 도련님이 아니었으면 저도 그런 주가 있는 줄 몰랐습니다. 제가 도련님을 모릅니까? 불안해서 안 되겠어요. 제가 여기 기거하면서 다 봐야겠습니다."

"아니, 유리한 정보 좀 알았다고 불안할 이유가 뭔데? 유리하면 좋은 거잖아."

"몰라요. 감이 그럽디다. 도련님 옆에 찰싹 붙어 있으라고."

"하아……."

막무가내였다. 그냥 머리부터 들이밀고 전복 빨판처럼 딱붙어 떨어지질 않는다.

나로서는 너무 당황스러웠다. 억지로는 안 통하고 또 그렇게 하고 싶지도 않고 은밀한 걸 좋아하는데 그가 있음으로써 모든 게 다 틀어질 것 같았다.

그때 미국에서부터 마냥 옆에서 지켜만 보던 앨런이 한마디 거들었다.

"보스, 그냥 허락하시죠. 어제부터 36시간이나 평행선이라면 말로는 못 바꾸실 것 같은데요. 저도 들어 보니 지켜만 보겠다는데 굳이 말릴 이유는 없을 것 같습니다. 쿨하게 말이죠."

"……."

가만히나 있지. 이게 정신 못 차리고 지금 누구 편을 드는 건지.

살짝 심기가 거슬리는데 서 실장이 고개를 잠잠히 끄덕이는 게 보였다. 김충수는 여전히 입 다문 채 주변을 경계했고.

편까지 드는 사람이 생겼으니 아무래도 돌려보내긴 글러 버린 것 같았다.

눈치 없는 앨런은 또 주변을 둘러보며 필요하지도 않은 말을 꺼냈다.

"그나저나 여긴 어마어마하군요. 동양의 작은 나라라고 생각했는데 놀라운데요. 판타스틱해요. 오리엔탈이 이 정도입니까?"

"……오리엔탈이 이 정도? 일본이 동양의 작은 나라라고?"

"작은 나라 아닙니까? 워크맨이나 게임기 만드는."

"……정말 그렇게 생각해?"

"네, 초밥의 나라로선 좀 뜻밖에 크긴 하지만요."

"하아……."

문제가 아주 심각했다.

말투에서부터 의식 전반에 우월의식이 깔린 놈. 만난 지 사흘 된 애를 일본까지 데려온 건 순전히 일본을 보고 배우란 취지에서였는데 이런 식이라면 앞으로 이놈 옆에 붙을 것들도 기대하기 어려웠다.

안 그래도 세계 최고라고 방방 뛰고 있을 판이 아니던가. 자기 나라를 업신여기는 백인 옆에 붙을 종자라 봤자 보지 않아도 뻔했다.

게다가 월가까지 거친 놈이 일본을 일본의 심장에서 못 알아본다?

그가 바보라서? 아니다. 알면서도 인정하기 싫은 거다. 역시나 백인우월주의.

이걸 어찌하면 좋을까? 가뜩이나 말조심해야 할 동네인데…… 이런 천둥벌거숭이가 하필 내 옆에 붙어서는…….

혈압이 탁 내 정수리를 때린다.

"이 씨벌놈이 미쳐 가지고. 내가 지금 어떤 새끼를 데려온 거야?"

"……!"

한국말로 튀어나온 욕에 서 실장이 살짝 움찔했다.

아닌 게 아니었다. 다른 회사도 아니고 직접 보는 앞에서 투자회사를 차렸고 대표로까지 앉혀 준 거로 모자라 이 일본까지 데려온 내 앞에서 일본을 깐 거다. 제정신이 아니었다. 보스에 대한 기본 에티켓도 없고.

아니, 닛케이 지수 27,000을 오가는 나라가 작다고? GDP 2조5천억 달러에 달하는 나라가 작다는 건가? 참고로 오늘 미국 다우존스가 2,100이다.

"씹새가 똥인지 된장인지도 구분 못 하게 처돌아 가지고. 배때기 기름때부터 확 회 쳐 줄까 보다."

"도련님?"

동양의 작은 나라라는 표현은 한국에나 적절하였다. 현재 일본의 경제력은 가히 세계 최고였고 그것도 독보적인 최고였다.

해마다 엄청난 물건이 일본을 통해 세계로 뻗어 나가고 Made in japan이라 하면 모두가 엄지를 치켜드는 세상……그 여세가 얼마나 강력한지 이대로 가다간 세계 경제의 주도권을 넘겨줄까 싶어 G5 재무장관들이 쥐새끼처럼 플라자호텔에 기어들어 간 게 벌써 3년 전이다.

미국 어딘지도 모를 곳에 처박혀 있던 쩌리 주제에 뭐가 어째?

일본도 이럴 테면 한국은 대체 어떻게 볼까.

"그냥 때리고 시작할까? 한 대에 천 달러 정도? 아가리부터 개작살을 내 놔야지. 씨벌놈이 아주 정신머리가 아주 나빌레라 하시네요."

"도련님……."

분노가 인다. 근본적인 골격부터 개조시켜야 할 필요성을 느꼈다.

한국말로 해서 그런지 아직도 상황파악 못 하고 헤헤거리는 금발의 양키를 봤다.

앨런 파커. 이번에 설립한 DGO 인베스트의 대표로 내가 앉힌 자다.

경력은 별거 없다. 월가에 잠시 입성했다가 참혹한 실패를 맛보고 고향으로 내려가 조그만 부동산중개업을 하던 놈이다.

가정사 복잡하고 돈이 절실하여 서 실장이 추천했고 날 만나 한 회사의 대표가 되었다.

이쯤 되면 자기가 뭘 해야 할지에 대해 심각히 고민할 때인데, 주제가 주제를 모른다.

"앨런은 말조심부터 배워야겠어."

Chapter 11. 10만 달러의 위력

"네?"

"자존감이 높은 건 좋은데 여긴 일본이야. 예의를 갖추지 않으면 사람들이 싫어할 거야. 그러면 나도 널 싫어할 테고."

"……아!"

그제야 분위기를 감지한다.

"맞아. 이 나라가 너희 핵폭탄 두 방에 무릎 꿇은 전적이 있지. 근데 30년도 안 돼 세계 최고가 됐어. 앨런, 착각하지 마. 미국이 승리했다고 앨런의 승리가 아니잖아. 잊은 거야? 자기가 어디에 있다가 왔는지? 곧장 돌아가고 싶어?"

You fire! 연봉 10만 달러 fire!

"보스…… 용서해 주십시오. 제가 큰 실수를 했습니다. 그냥 저는 화해 모드로 가기 위한……."

"실수한 건 알아?"

"압니다. 용서해 주십시오. 더는 이런 실수를 하지 않겠습니다."

허리를 구십 도로 꺾는다. 사람 많은 도쿄 길 한복판에서 아주 정중하게. 자기로선 최선인 것 같은데 나는 성에 차지 않는다.

확실히 미국 놈이라 그런지 예의를 모른다.

"서 실장. 그냥 보낼까? 연봉 10만 달러면 영혼이라도 팔겠다 나설 놈들이 수두룩한데. 굳이 가르쳐 가며 쓸 필요는 없잖아."

"그렇긴 합니다만, 그나마 나은 놈으로 고르고 골랐는데 뭔가 고장 난 놈인가 봅니다."

한국어로 대화하자마자 뭔 소린지도 모르는 놈을 데리고 뭘 할 수 있을까.

한번 거슬리기 시작하니 피부색까지 보기 싫다.

어떻게 이런 일이 벌어졌을까. 자본주의로부터 발생한 사회에서 나고 자란 놈이 자본주의의 한복판에서 자본주의를 무시하다니.

미국은 부자를 숭상한다. 돈만 있다면 가만히 있어도

162

오히려 더 대우하고 훨씬 더 추켜세운다. 돈은 미국에서 그런 의미였고 시민은 돈의 맛을 아주 잘 알았다.

이데올로기?

국가와 이념은 이미 엿 바꿔 먹은 지 오래다. 그런 것보다 내 수중에 든 한 푼이 더 중요한 게 현 미국 사회였고 앞으로 미국이 걸어갈 사회였다. 이놈도 그런 놈들 중 하나이고.

그래서 데려왔는데…… 솔직히 망설여졌다.

"꿇으세요. 도련님의 자비를 얻고 싶으시다면."

서 실장이 먼저 나섰다. 내 눈치가 빤했나 보다. 하는 걸 보면서 기회를 주자는 의미도 있다.

"아! 알겠습니다. 제가 잘 몰랐습니다."

그제야 육삼빌딩같이 뻣뻣한 무릎이 꿇렸다.

10만 달러짜리 무릎이었다. 자기로서는 어떻게든 붙어 있고 싶은 의지의 표현이고.

"용서해 주십시오. 보스. 앞으로 언행에 각별히 신경 쓰겠습니다. 제 위치를 망각하고 보스의 의중을 살피지 못했습니다. 더는 이 일로 심려 끼쳐 드리지 않겠습니다."

입으로도 자기의 절실함을 표현한다.

이것도 10만 달러짜리다.

10만 달러가 없었다면 이 자식이 나에게 이런 수치를 맛봤을까? 머더 퍼커 어쩌고저쩌고 하며 주먹부터 날렸겠지.

그 순간 내 주먹에 옥수수가 다 털렸을 테고.

"도련님, 자리를 옮기시는 게…….."

"왜?"

"주변을…….."

그러고 보니 갑자기 주변 시선이 따가웠다. 사람들이 몰린다.

이때만 해도 백인이라고 하면 무조건 오오오~ 하던 시절이라 이런 광경이 놀라울지도 모르겠다. 물론 2008년이라고 흔한 건 아니지만.

어쨌든 백인을 무조건 좋아하는 걸 욕할 생각은 없었다. 인간이라면 누구나 좋은 것을 보면 가지고 싶고 따르고 싶고 편승하고 싶어 한다. 미국의 위세는 곧 백인의 위세니까.

어느새 우리 일행을 빙 두르고 구경까지 하는데도 놔뒀다.

어차피 영어로 떠드는지라 알아듣지도 못하고 돌아가서 떠든다고 해도 믿어 줄 사람도 없을 것이다. 저들이 아는 미국의 위상에 무릎 꿇는 장면은 없을 테니.

하지만 난 이런 것보다 지금 내 할 말이 더 중요했다.

"앞으로 일본 시장을 맡기려고 데려온 양반이 이런 식으로 주제도 모르고 나서면 일이 되겠어?"

"안…… 됩니다."

"일본을 존중하라고. 존중하는 백인이 없으니까 더 될 거 아니야. 더욱 존중받을 테고. 그 속에서 이익을 찾으라 데려온 거라고 이 자식아. 건방지게 까불지 말고. 쥐도 새도 모르게 죽여 버리기 전에."

"보스……!!"

"이번 일이 틀어지는 순간 넌 반드시 죽어. 착각하지 마. 너만 죽는 거 아니야. 네 가족, 사촌에 팔촌까지 다 싸잡아서 죽여 버릴 거야. 하나씩 하나씩 잡아다 허드슨강 바닥에다가 처박아 줄 거라고."

"보, 보스."

"이 등신 새끼야. 그거는 아냐? 미국도 한 해만 수십만씩 실종되는 거. 그중 90%는 오인 신고나 가족의 품으로 돌아가지만, 나머지 10%는 어떻게 됐을까."

어디 건설현장의 자재가 됐을 수도 있고 야산의 거름이 됐을 수도 있고 물고기의 일용할 양식이 됐을 수도 있고……

"너도 그러고 싶어?"

"제발, 용서를……."

그제야 눈빛에 두려움이 깃든다. 자기가 만난 동양의 어린 자식이 보통 내력이 아님을 겨우 실감하는 모양이다. 자세도 낮아지고 더욱 공손해졌다. 완전히 굴복한 느낌.

이제야 뭔가 아귀가 맞아 들어가는 느낌이었다. 처음부터 이래야 했다. 내 부하가 되려면 내 행동 하나하나에 시선을 맞추고 긴장해야 하는 거다. 그게 부하였다.

"월가까지 가 봤으면 너도 대충 대그빡 굴렸을 거 아냐. 시골 촌구석에 처박힌 널 불러 대표의 자리까지 앉힌 이유가 있을 거라는 거."

"아, 압니다. 각오하고 왔습니다."

"더 얘기해야 해?"

"아닙니다. 절대로 자중 또 자중하겠습니다. 한 번만 더 믿어 주십시오."

삼청교육대라도 다녀온 것처럼 온몸에 기합이 든다. 슬슬 흡족해지는 수준까지 왔다.

"도련님, 이제 슬슬 자리를 옮길 때입니다. 이 이상은 소란으로 번질 수 있습니다."

서 실장도 한발 물러섰다. 봐줘도 될 타이밍이라는 소리다.

"일어나."

"넵."

얼른 일어나 내 뒤에 선다. 수행원으로서 최선을 다하겠다는 표현이다. 확실히 낮아졌다.

"간만에 오리지널 사케나 한잔하러 갈까?"

"괜찮은 곳이 있는데 그곳으로 모실까요?"

"가자고."

졸라 갈궜으니 풀어 줄 때다.

오후 나절부터 들어앉아 밤이 될 때까지 퍼마셨다. 앨런 이 새끼는 앉은 지 2시간 만에 꼭지가 돌아서는 지금까지 충성 맹세고.

"보스, 충성을 다하겠습니다. 제가…… 이 보잘것없는 저를 여기까지 데려오신 분이십니다. 죽을 때까지 충성하겠습니다. 보스, 절 버리지 마십시오."

낮에 받은 충격이 꽤 컸나 보다. 제발 자르지 말아 달라는 소리를 서른두 가지 표현법으로 계속 돌린다.

취중진담이라. 여기에 공통적으로 들어가는 일념은 오직 하나였다. 제발 자르지 말아 달라는 것.

"적당히 마셔라. 도쿄의 밤은 아직 시작이다."

"맞습니다. 딸꾹. 나이트에 이렇게 사람이 많이 돌아다니는 시티는 처음 봅니다. 뉴욕도 저녁 여섯 시만 되면 문을 걸어 닫기 시작하는데 여긴 꼭 여섯 시가 시작 같습니다."

"놀라워?"

"너무 놀랍습니다. 밤에 이렇게 돌아다닐 수 있는 시티는 정말 처음입니다. 여긴 천국입니다."

밤이 되면 도쿄는 새 옷으로 갈아입고 예쁘게 치장한다. 거리엔 사람들로 넘쳐나고 온통 미소만 가득하다.

이것만 해도 앨런에겐 신세계일 것이다. 도시의 밤을 갱이나 마피아에게나 넘겨준 쩌리들과는 전혀 다른 세계니까. 시간이 갈수록 젖어들고 매료될 것은 당연지사였다.

신변에 대한 걱정은 1도 없이 사는 곳.

가만히만 있어도 모두가 우러러봐 주는 곳.

영어 한 방에 젊은 여자들이 달려드는 곳.

어찌 보면 이곳이야말로 앨런에겐 낙원이었다.

"쉐끼. 겨우 이 정도로 놀라는 거야? 서울을 보면 아주 기
절하겠어. 오케이, 기분이다. 나중에 아주 새벽까지 뼈가 문
드러지게 놀게 해 주지. 그때 한국의 위대함을 몸소 느끼라
고. 도쿄는 겨우 입가심이야."

"한국도 그렇습니까?"

"더해 인마. 도쿄 정도는 껌이라고."

아직 밤 12시 통금이 있긴 하지만 한국인의 피는 술을 부
른다.

나는 아직도 밤의 환락을 맛보지 못하고 방구석에 박혀 그
것만이 세상 전부인 것처럼 아는 쩌리 세계인들에게 이렇게
얘기해 주고 싶다.

제대로 된 흥청망청을 얘기하고 싶나?

한국으로 오라.

밤에 피는 장미를 보고 싶나?

한국으로 오라.

향락이 뭔지 궁금한가?

한국으로 오라.

한국이야말로 밤의 정점이다.

"미, 믿기지 않습니다. 노스 코리아가 언제 전쟁을 일으킬지 모르는데. 한국 사람들은 정말 강심장입니까?"

"노스 코리아? 내려왔다간 돼지지. 60만 현역에 동원예비군만 300만. 총 쏠 수 있는 인구가 1천만이야. 열 받게 하면 씨바, 통일되는 거야."

"서, 설마 보스도 군대 다녀왔습니까?"

"넌 씨바, 재벌이 군대 가는 거 봤냐?"

"재벌이요?"

"그런 게 있어. 어쨌든 나도 총도 쏠 줄 알고."

"대, 대단한 나라입니다."

"그럼! 당연하지. 일대일로 총만 가지고 다이다이 붙으면 어떤 나라든 다 뒤져. 아직 경제력이 약해서 그렇지. 싸움은 또 다르다고."

"보스…… 가슴이 막 벅찹니다."

뭐래. 좀 갈궈 놨더니 아주 발발 긴다.

올바른 자세다.

"공부 많이 해. 온 김에 일본통이 되라고. 내 부하가 돼서 월가 새끼들한테 눌려서 되겠어? 다 조져 버려야지."

"보스."

"나만 잘 따라와. 10년 안에 백만장자가 되게 해 줄게. 내가 앨런한테 기대가 많아."

"보스…… 크흐흑."

급기야 눈물까지. 감사하니 은혜가 뭐 어쩌니 하며 질질 짜는데 양키 새끼 주정을 받아 줄 인내심은 애초 내겐 없었다.

무시하고 사케 한 잔으로 가만히 대기타는 서 실장을 바라봤다. 왜 꼬라보냐는 눈빛이다. 아놔······.

그러나 말은 또 곱게 나간다. 괜히 잘 있는 김충수나 노려보며.

"아니, 일본에서 할 게 뭐 있다고 굳이 여기에 있겠다는 거야. 어차피 나랑 같이 있는 것도 아니잖아. 그냥 돌아가는 게 어때?"

"또 그 얘기십니까? 끝난 줄 알았는데."

"뭐가 끝났다는 거야. 끊긴 거지."

"두말 안 하겠습니다. 도련님께 묻죠. 무슨 문제가 생기면 지근거리에 있는 게 낫겠어요? 아님, 한국에서 날아오는 게 더 나을까요?"

"그야······."

"나중에 사고치고 울며불며 부르려고요? 이 낯선 땅에서 무슨 수로 혼자 버티시겠다는 겁니까? 그냥 가만히 계세요. 제가 알아서 있을 테니까."

"아니, 내가 언제 또 사고를 쳤다고 그래. 봐봐. 내가 지금 그럴 정신이 어딨어? 얼마나 바쁘냐고?"

"암요암요. 여부가 있겠습니까? 앨런 조지는 걸 보니까 일진 하던 가락 어디 안 갔던데요. 그런 정신이면 어디든 무사하시겠습니까. 야쿠자한테 안 끌려가면 다행이지."

"하아……."

갑자기 의문이 생겼다. 왜 내 기세는 앨런한테는 통하는데서 실장한테는 안 될까. 이게 참, 미스터리다.

"좋아좋아. 다 좋다고. 그래서 여기 혼자서 뭘 어떻게 할 건데? 아는 사람도 없잖아."

"염려 마십시오. 그냥 여행이나 할 겁니다. 거 잘됐네요. 누구 때문에 10년간 변변한 휴가 한 번 다녀오지 못했는데."

"여행? 휴가?"

"도쿄 관광이나 하죠. 한 두어 달. 풉풉."

"진짜 이럴 거야?"

"눼~."

너무 약 올라 한마디 하려는데 옆에서 질질 짜던 앨런이 갑자기 술이 깬 것처럼 행동하였다.

"보스, 계약금이 입금됐답니다."

"엉?"

"대양에서 컨설팅 계약금이 입금됐음을 씨티은행에서 알려 왔습니다."

'어떻게?'는 묻지 않았다.

"얼마나?"

"180만 달러입니다."

"180만?!"

Chapter 12. 보스의 품격

지금 DGO 인베스트에 180만 달러가 입금됐다는 거다.

첫 매출이다.

드디어, 내가 내 통장에 돈 들어오는데 알레르기를 일으키고 굳이 미국에까지 가서 법인을 세운 여러 이유 중 몇 가지를 말해야 할 때가 왔다.

누군가는 그럴지도 모른다. 금융실명제도 아니고 국세청의 그물이 느슨할 때인데 그냥 차명계좌로 돌리는 게 어떠냐고. 그것도 옳은 말이다.

하지만 난 2008년을 겪은 사람이다.

지금은 안전해 보여도 완전한 게 어디 있겠나.

누구 하나 물고 늘어지는 순간 다 골치 아파진다. 언론이고 인터넷이고 난리가 나겠지. 난 내가 세울 대길 공화국의 처음이 그런 식으로 호도 당하는 게 싫었다.

그런 의미에서 델라웨어 주는 아주 대단했다. 왜 이곳을 법인들의 천국이라 부르는지 왜 하루에도 수천 개씩 법인이 생기는지 그 이유를 알 것 같았다.

하루도 안 돼 법인설립 허가가 나오고 기본세만 내면 다른 곳에서 수익이 나도 세금을 내지 않는다. 그뿐인가. 이것저 것 혜택이 와르르. 소송을 도와줄 인원도 넘쳐났다.

내가 간 5층짜리 원룸형 건물 안에만 법인들이 3백 개가 넘어갔고 이런 건물이 도시를 이룬 게 델라웨어 주였다.

여기서 지 혼자 선진국인 척하는 대한민국?

쩌리다.

나 혼자 심중에서 논의하던 조세회피처?

필요 없다.

이 정도면 출장 딱 사흘 만에 돌아온 이유로 충분하지 않나. 비록 거대한 혹 하나를 붙이고 왔지만.

"잠시 대기. 그러니까 페덱스가 가기도 전에 입금했다는 거지?"

페덱스가 아무리 빨라도 사흘 만에 한국에 골인하지는 않을 터. 얼마나 돈을 주고 싶었던지 정식계약서가 도착하기도 전에 돈부터 보낸 거다.

그리고 금액도 내가 생각한 거랑 너무 달랐다.

가게에 만 엔을 주고 국제 전화부터 넣었다. 비서실로.

"계약금이 입금된 것 같은데 비율 책정이 잘못된 것 같은
데요."

-통상 계약금 책정에 따라 10% 보냈습니다.

"10%요?"

-부족하십니까? 더 넣어 드릴까요?

"자, 잠시만요. 그럼 총금액이 얼만데요?"

-130억입니다. 그중 10%를 달러로 후하게 쳐서 보내 드린
거죠.

"왜…… 130억인 거죠?"

"회장님께서 100억을 내시고 참가한 직계 분들께도 5억씩
걷으셨습니다. 자리에 없으신 두 분만 빼고요."

"아……."

50억을 구했더니 100억으로 얹어 주고 그것도 모자라 인
당 5억씩 더 챙겨 준 거였다. 어머니도 얄짤없이 뜯긴 거고.

우와~ 어머니가 삥 뜯긴 거다. 나정희 여사가 세상에 삥
을…….

순간 웃음이 났다.

'그냥 던진 말이었는데…….'

돈과 화폐와의 상관관계는 금융학적으로 중요하긴 했다. 그
러나 필수는 아닌지라 그냥 그 정도로 알고 지나가라는 의미

였다. 자꾸 무시해서 5억을 부르긴 했지만 딱히 기대한 것도 아니었고. 그게 굴러 굴러 30억이 되어 돌아올 줄이야.

그런데 정작 중요한 사안은 삼촌에게만 서면으로 제출하였다.

"쿠쿡, 쿠쿠쿡."

알맹이는 먹지 못하고 뼝만 뜯긴 면면들이 떠오르는데 왜 이렇게 웃긴지.

"잠깐, 왜 180만 달러지? 너무 많은데…… 아!"

달러당 천 원도 안 되는 시대다. 천이백 원이 넘은 시대를 살았고 한때는 이천 원까지 치솟은 걸 보았던 나로서는 너무 감당이 안 되는 환율이었다.

"가만, 그리고 보니 이 쉐끼들이 우리나라를 환율조작국으로 지정했지!"

경상수지흑자가 고작 140억 달러를 초과했다고 도끼로 찍은 바람에 1달러당 환율이 100원이나 절상됐음을 떠올렸다. 그 바람에 품질이 아니라 가격경쟁력이 주였던 한국은 바로 휘청였고 아마도 내년 경상수지흑자가 삼분의 이가 날아간 50억 달러도 안 되는 걸 기억해 냈다.

어쨌든 그 덕에 나는 나대로 받을 돈이 많아졌는데.

"이 개쉐들을 어떻게 해야 해. 아놔 씨바, 한국이 먹어 봤자 얼마나 먹었다고 코 묻은 돈까지 탐내냐. 하여튼 이 양키 새끼들은 믿어선 안 돼."

투덜대며 걸어오는데 양키 한 마리가 순진한 눈망울로 나를 반겼다. 이 새끼부터 조질까?

"보스, 어떻게 됐습니까?"

사슴 눈망울이다. 그러고 보니 하루 종일 울다 웃다…… 아직도 운 자국이 남아 있다.

얘가 무슨 잘못일까. 촌구석에 살던 놈인데.

"아유~ 됐다. 됐어. 10% 맞게 들어왔다. 한 달 후에 청구서 보내면 나머지 금액을 보내 줄 거다. 그거나 잘 챙겨."

"네, 알겠습니다."

너무 정중하다. 이런 술집에선 과할 정도로.

해서 또 거슬린다.

왜 이렇게 때리고 싶지? 그냥 때리고 싶은 건가?

"앨런은 있는 동안 일본의 금융가랑 인맥이나 만들어. 증권, 은행, 보험 종류에 관계없이."

"인맥 형성. 알겠습니다. 대략 호황을 노리고 들어온 투자자 정도면 되겠습니까?"

"맞아. 동시에 지금부터 다른 건 보지 말고 옵션 시장만 관찰해."

"옵션 시장만요? 다른 건 상관 말고요?"

화들짝 놀란다. 너무 놀라 나도 놀랐다.

"그것도 풋옵션만 파. 변화가 느껴지면 바로 알려 주고."

"……네. 간단한 미션이긴 한데 단지 그것만 하면 됩니까?"

이거로 돈값 하는 거냐는 거다.

"내가 시킨 것만 제대로 해도 연봉 외 꽤 좋은 성과급을 받게 될 거야."

"시일은…… 정해진 건가요?"

"내가 그만하라고 할 때까지."

"이해는 안 가지만 저에게 기회를 주신 보스를 위해서라도 충실히 임하겠습니다."

"그래, 그거면 돼. 내가 앨런에게 원하는 건 딱 그것뿐이야. 아! 그리고 한 가지 더."

"무엇입니까?"

"앞으로도 할 게 많아. 틈틈이 쓸 만한 사람을 모으라고. 열 명 정도까진 전권을 줄게. 팀을 꾸려 보라고."

"열 명이나요?! 넵, 보스의 명대로 하겠습니다."

이제야 앨런의 얼굴에도 화색이 돌았다. 엄청 불안했나보다. 단타로 우려먹고 버리는 패가 아닌가 하고.

목구멍이 포도청이라 제의에 응했고 일본까지 쫓아왔는데 오자마자 살벌하게 개박살 났다. 근데 또 시킨 일은 별게 없다.

앨런 입장에선 어디에다 초점을 맞출지 답답할 일이다.

'니가 생각하는 게 거기서 거기지. 뻔한 놈. 그래서 넌 고용인이고 난 고용주인 거다. 자식아.'

처음부터 인원이 더 필요했지만, 이 시점에 꺼낸 이유는 오직 하나였다. 절실함에 대해 고찰하라고. 적절한 보상의 달콤함을 맛보라고. 눈앞 동양의 어린 보스가 너와 함께하는 미래를 생각하고 있음을. 하늘에서 내려온 줄이니 놓치는 순간 떨어져 죽음을.

잘, 아주 잘 알게 해 주고 싶었다.

'계속 붙어 있어 인마. 잘 따라오면 인생 피워 줄게.'

나도 만족스러웠다.

앨런은 절실한 자였고 절실함에 걸맞은 행동력도 있었다. 대외로 내세우기에 적당했고 욕심도, 의지도, 겁도 적당해 마음에 들었다.

사실 보는 순간 딱 알았다.

내 사람이 될 거란 걸.

'사치와 향락의 다른 말은 인간 군상이지. 쾌락을 위해 개미굴까지 경험한 나에게 어설픈 가면은 통하지 않아. 눈에 든 절실함도 마찬가지고.'

능력? 충성도? 친분?

이것들과 일은 전혀 별개다.

결국 사용하는 건 앨런 같은 사람이었다.

절실함이 클수록 고용주의 일이 편해지는 건 진리.

잠시 삐끗했지만, 성장통이라고 여겼다.

남은 건 보스가 너를 아주 신뢰하고, 보스가 세상에 없을 대범한 사람임을 보여 주는 것뿐이다.

"들어온 돈은 일단 활동비로 사용해. 적당히 틈도 보이고 사안에 따라 전부 사용해도 되니까 나중에 보고나 잘하고."

"전부요?"

"왜 놀래?"

"아, 아닙니다."

"겨우 180만 달러로 흔들리는 거야? 앨런, 심장을 더 튼튼하게 키워야겠어. 몇 년 안에 억 단위로 놀 사람이 말이야."

"어, 억 말입니까?"

"DGO 인베스트가 운용할 자금을 꼭 내 입으로 말해 줘야겠어?"

"그럼……!!"

눈만 봐도 나는 네놈이 뭘 떠올렸는지 알겠다.

머릿속엔 온통 대양이 가득 차 있을 거다.

그런 합리적인 의심은 오히려 바란다.

대한민국 최고의 그룹이 설립한 지 사흘밖에 되지 않는 회사에 천만 달러에 가까운 엄청난 금액을 수주한다?

상식적으로 말도 안 되는 상황이다.

그러나 실제로 그런 일이 벌어졌다.

그도 보았고 나도 보았다.

이 돈은 굳이 설명해 주지 않아도 능동적으로 움직일 계기였다. 조금만 더 적극적이 된다면 내가 대양가이고 서 실장도 대양가 소속임도 알게 될 것이다.

그때쯤이면 나를 대양의 비자금 관리 키맨 정도로 판단할지도 모르겠다. 아니, 거의 확신할 거라 판단한다.

결론적으로 전혀 아니지만 상관없었다. 오해도 좋고 편견도 좋다. 나는 이용하면 그뿐.

그리고 앨런, 이 자식과의 만남이 얼마나 됐나. 고작 며칠이다. 둘 사이 무엇으로 신뢰를 말할까.

'신뢰는 지랄⋯⋯ 비즈니스는 상황이지. 돈 냄새가 강하게 나면 가지 말래도 붙는 게 똥파리들의 습성이라고. 거기에 적절한 공포로 기름칠해 주면 날이 갈수록 견고해지지.'

나는 그런 척 기다리기만 하면 된다.

돈이라는 상황은 불확실한 미래에 확신을 줄 테고 미래에 대한 확신은 충성심을 고양시킨다.

그리고 보스는 충성심을 먹고 사는 족속.

120%의 보상을 기대하게 해 주는 것만도 부하들은 완벽한 일처리로 답례한다.

이게 세상이고 이게 관계다.

180만 달러라는 터보 엔진까지 가동된 앨런은 더 이상 참지 못하고 벌떡 일어났다.

주먹을 부르는 정중한 인사와 함께 어딘가로 사라졌다.

"빠이빠이."

나는 이렇게 손만 흔들어 주면 된다.

그게 보스의 품격이니까.

◇ ◆ ◇

한국으로 돌아왔다.

일주일이나 지났을까?

내 앞으로 국제우편이 하나 날아왔다.

서 실장이 가져와서 뭔가 봤는데 발신자로 앨런이 적혀 있었다.

열어 보니 DGO - 재팬 사무실 등기랑 사업자 복사본이랑 웬 보고서가 하나 동봉돼 있다.

"일을 하긴 했나 보네. 알아서 지사도 다 세우고."

"계속 지켜보는 중입니다."

"그래. 이 전화는 전화해 달라는 거겠지?"

"그런 의도가 있겠죠."

"알았어. 일단 이것 좀 살펴보고."

보고서는 딱 두 장이었다. 앨런이 설마 날 놀릴 리는 없을 테고 일본의 현재가 겨우 두 장이면 충분하다는 소리 같은데……

역시나 평범했다.

여기서 평범하다는 의미는 이미 일본 언론이 예상한 것과 다를 바 없다는 걸 말하는 거다.

일본의 독주, 닛케이 30,000을 넘어 40,000시대 개막 그리고 세계 시장의 판도가 앞으로 어떻게 변화될지에 대한 고찰 정도.

그래도 나름대로 노력한 티가 보였다.

"일본을 무시한 놈치곤 꽤 디테일하게 봤는데."

"괜찮습니까?"

"나름대로 한 흔적이 보여."

"그렇군요."

전화부터 넣었다.

한 열다섯 번 울렸을까.

헬로우하며 뼛속부터 기름져 때리고 싶은 목소리가 울렸다.

"나다. 앨런."

-오우~ 보스.

"잘 지냈어?"

-저는 보스 덕에 나이스한 날을 보내고 있습니다. 절 이곳에 데려온 보스께 다시 한 번 감사드립니다.

"됐고. 살펴봤는데 며칠만이라도 성실하게 일한 게 보였어."

-감사합니다. 이미 아시겠지만, 현재 일본 경제는 거의 모든 게 퍼펙트에 가깝습니다. 거리엔 머니가 넘쳐나고 사람들은 풍요롭습니다. 누구도 미래를 걱정하는 이가 없을 정도입니다. 하지만 저는 보스께서 풋옵션을 살피란 의미를 계속 되새겨야 했습니다. 그건 곧 폭락이 예상된다는 의미니까요.

"그래서?"

-그걸 전제로 모든 걸 재구성해 봤습니다. 사실 오래 걸릴 것도 없었습니다. 낙관과 환상을 걷어 내고 나니 지금 일본 경제가 가진 미스매칭(부조화)이 보였습니다. 결론적으로 말해 일본 경제는 기형적인 형태로 변화하고 있습니다. 아주 위험한 상태죠.

"본격적인 연구가 필요하다는 거야?"

Chapter 13. 아름다운 삶이에요

  -맞습니다. 다만 아직 방향성은 정해지지 않았습니다. 아는 루트를 통해 월가의 분위기도 살펴봤는데 거기서도 딱히 다른 움직임이 일어나진 않더군요. 이게 너무나 이상합니다. 기형에 따라 부작용이 나타나며 위험신호가 각 분야에서 와야 하는데 아예 없습니다. 꼭 누가 만들어 놓은 것처럼요.

  "잘 모를 거야."

  -네?

  "이것의 원인을 정확히 아는 자는 나를 포함한 전 세계에서도 스무 명이 안 될 거다."

  -그럼……!!

"맥은 제대로 짚었어. 하지만 우린 그 무대의 주인공이 아니야. 무슨 뜻인지 알겠어?"

-그렇다면 다른 세력이……

"쉿! 이제부턴 꿈에서조차 이 일을 언급하지 마. 이게 공론화되는 순간 나조차도 감당할 수 없는 일이 벌어질 테니까. 앨런은 그걸 원해?"

-아, 아닙니다.

"우리가 할 일은 그들에게 거슬리지 않게 움직이는 것뿐이야. 나대다간 꽃도 한 번 못 피우고 다 죽는 거고. 알았어?"

헨젤과 그레텔을 보면 이해가 빠를 것이다.

과자집의 마녀가 그냥 먹어도 될 헨젤을 굳이 잘 먹여 살찌우려는 이유와 진즉 끝장낼 수 있음에도 일본 경제를 더욱 활황으로 모는 이유는 크게 다르지 않았다.

"조심해야 해. 항상 관망만 하고 거기에 대한 언급은 일절 하지 마."

-알겠습니다.

일생을 두고서라도 다시없을 거대한 판이었다.

지금 이 시기에 누군가가 세계 최고의 경제 대국을 제대로 찜 쪄 먹고 있다는 걸 누가 알까.

거기에 당연히 우리 역할은 없었다. 원한다고 끼워 주지도 않을뿐더러 끼어들 자본도 없고.

이미 세계를 쥐락펴락하는 그들 앞에 괜히 얼쩡거리는 건

쥐도 새도 모르게 현해탄 바닥을 구경하겠다는 얘기밖에 되지 않는다.

사실 이 부분에서 제일 많이 고민됐다.

내가 원하는 것과 나의 안전.

원하는 수익과 적절한 선.

과자도 먹고 마녀에게 붙들려 구워지는 신세를 면하려면 난 대체 어떻게 해야 할까.

부작용을 최소화할 방안은?

결국 선택한 건 거슬릴 듯 귀찮은 정도의…… 철저히 운 좋은 놈으로 비치자는 거였다.

방법이 그것밖에 없었다.

고작 삼촌 하나도 못 이겨서 들러붙은 주제에 무슨 수로 그들을 상대할까.

내가 기어코 미국까지 가서 법인을 설립한 이유 중 가장 큰 것이 바로 그것 때문이었다. 설사 거슬리더라도 미국 회사니까. 미국인이니까 어떻게 넘어가지 않을까 하고.

한국이나 일본보다는 미국 회사가 훨씬 안전했으니까.

"다시 경고하지만. 앨런, 더 이상은 궁금해하면 안 돼. 적게 알수록 위험은……."

-적어지겠죠.

"월가에서 넘어온 투자자처럼만 행세해. 적어도 내년까진 별일 없을 테니 적당히 수익도 내고 인맥도 형성하고."

-알겠습니다.

"무모하거나 공격적인 모습을 자주 보여. 약간의 손실 정
도는 감안해 줄 테니까. 가끔 몰빵도 할 거야. 대신 종목은
내가 선택해 줄 건데. 앨런은 DGO가 또라이라는 인식을 좀
심어 줬으면 해."

-또라이요?

"그래야 미친 짓을 해도 그러려니 하지."

-설마 보스……

"여기까지. 오늘 이후부터는 전화하는 것도 조심하자."

-알겠습니다.

전화를 끊고 이제 좀 뭔가 일이 진행되나 싶었는데 다시
전화가 울렸다.

서 실장이 받았는데 아무 말 없이 나에게 던진다.

뭔가 하고 받았더니, 비서실장이다. 씹새.

"네? 저더러 내일 당장 일본엘 가라고요? 호텔 백제의 연
수생으로요? 그것도 무라타 리조트에? 지금요?"

일본에서 돌아온 지 며칠이나 되었다고 일본엘 또 출장 가
라니. 기다릴 때는 보내 주지 않고 잊을 만하니 보낸다.

답답했다.

"어쩌실 생각이십니까?"

"뭘 어째? 가야지. 여기서 안 갔다간 무슨 꼴을 당하려고."

"그럼 그리 준비하겠습니다."

서 실장도 슥 나갔다.

이제 날 위로해 줄 이는 아무도 없었다.

쓸쓸해진 난 자리에서 일어나 창으로 다가갔다. 봄이 한창
인 햇살이 온 세상에 나부낀다. 구름 한 점 없이 환하다.

"날씨 참 좋네. 일본에 가기 딱 좋은 날씨야."

좋게 생각하자. 좋게 생각하자. 좋게……

씨바, 좋게 생각하지 않으면 어쩔 건데.

어차피 한 번은 가야 할 곳이었다.

"넌 돈 벌 거잖아. 네가 돈 번 걸 삼촌이 모를 리 없고. 그룹
이 손해 보든 말든 나 혼자만 달렸다 여기는 순간 어떻게 될
까? 무조건 괘씸죄에 걸리는 거야. 엿 되는 거라고."

다른 누구도 아닌 삼촌의 괘씸죄?

생각만 해도 졸라 무섭다.

씨벌, 삼촌의 괘씸죄라니.

"차라리 대통령이랑 척지는 게 속 편하지."

대통령은 5년. 삼촌은 종신. 열 받은 삼촌.

으아아아~.

도대체 어떤 새끼가 인간을 이성의 동물이라 했는지 모르
겠다.

"지랄."

인간이 이성의 동물이라고? 그렇게 말한 새끼는 인간의 인
자도 모르는 게 틀림없다.

어떻게 인간을 이성의 동물이라 표현했을까. 조금만 부대껴도 인간이 절대 이성적이지 않다는 걸 알 텐데…… 어디 외딴섬에서 혼자 연구했나?

이런 걸 교과서에서 본 나는 대체 뭘 공부한 건지…….

내가 다시 정의하겠다.

인간은 감정의 동물이다.

이성, 논리? 집어치워라.

선택과 결정은 무조건 감정이 한다.

감정이 짱이다. 거슬리면 끝.

그런 전차로 삼촌의 괘씸죄에 걸린 나를 상상해 봤다. 과연 내가 대한민국이란 나라에서 살 수나 있을까? 외국으로 튄다고 잘살까?

어딜 가도 안 된다. 직접적인 위협은 둘째 치고 앞으로 내가 뭘 하든 어떤 일을 하고 싶든 아무것도 못 하고 다 망한다. 삼촌은 그럴 능력이 있다.

"……."

갑자기 왜 이렇게 비참할까.

"……."

다시 생각해도 비참하기만 하다.

아니, 고개를 마구 저었다.

"씨벌, 생각하지 말자. 생각하지 말자. 생각할수록 내 손해다. 이 좋을 시간에 뭔 엿 같은 자책이냐. 일본에도 가기 딱 좋은 날씨잖아. 그냥 가면 돼."

본디 이런 쪽에는 마음 쓰지 말아야 정신 건강에 좋다.

삼촌은 삼촌이고 나는 나.

잘 풀면 된다. 잘 풀면 되는데…….

난 일본에 가야 한다.

◇ ◆ ◇

한 달 반 후, 다시 한국.

"오늘도 가는 거니?"

"네."

"요즘 자주 부르는구나."

"아무래도 의논할 일이 많겠죠. 사안이 사안이다 보니 AS
는 어쩔 수 없고요."

"……그렇구나. 저녁은 먹고 들어오지?"

어머니가 내 저녁을 다 묻는다.

"아직 예정에 없어요. 아마도 그렇게 되지 않겠어요?"

남들에겐 일상일지도 모르겠지만, 어머니가 내 저녁을 묻
는 건 일생을 통틀어서도 생경한 일이었다.

한 달 반. 길지도 짧지도 않은 일본 외유를 하고 돌아왔더
니 나는 이런 생소한 경험을 참 많이 하게 됐다.

아! 일본에서는 별게 없었다.

부지 200만 평이나 달하는 무라타 리조트가 괴상하게 운영되고 있는 거랑 세대교체가 이뤄졌는데 그 아들놈 무라타 유스케가 현재에 만족하지 않고 자꾸 다른 곳을 기웃거린다는 거랑 그의 젊은 아내 무라타 히로나랑 나만의 썸씽을 좀 해 봤다는 것 외 특별한 건 없었다.

오전엔 일보고 오후는 주변 산책이나 하고 그것도 지겨우면 앨런한테 달려가 괜히 갈구고.

이게 다였다.

물론 중간에 좀 친해지는 바람에 무라타 리조트의 운영에 대한 조언도 해 줬고 앞으로 2년간 아무것도 하지 말아 달라는 부탁도 했는데 지켜질지는 의문이었다.

무라타 유스케가 계속 다른 곳을 기웃거리다 눈탱이 맞을지. 아님, 내 충고를 받아들여 또 다른 대박을 맞을지.

역사대로 100억 엔이나 날리고 대양과 무라타 가문이 갈라설지는 지금으로선 알 수 없었다.

인생은 자신의 책임이라. 누구도 관여할 수 없는 게 삶의 묘미가 아니겠나.

일단 나는 잘 돌아다니고 잘 놀았다. 있는 동안 나머지 820만 달러도 받고.

이번 컨설팅 매출은 나에겐 무척 고무적인 일이었다.

DGO 인베스트의 첫 매출이자 내 손으로 오직 나만의 힘으로 번 첫 돈이었다.

감격.

통장에 꽉 찬 숫자를 볼 때까지만 하더라도 참으로 감회가 새로웠는데 그것도 잠시, 종자의 굴레는 벗어날 수 없다고 이 후부턴 오만 생각이 다 들었다.

과연 이 돈으로 뭘 할까?

요즘 강남 은마 아파트가 1억도 안 된다던데.

돌아다니며 신축 아파트만 싹쓸이해도 얼마고 일산이나 인천, 수원, 용인, 여주 땅을 자투리만 끌어당겨도 20년 안에 난 조 단위의 자산가가 되어 있을 것이다.

어떻게 할까? 묻어 두고 20년을 기다릴까?

천만에.

난 20년이나 기다릴 DNA를 타고나지 않았다.

경제성장률 2~3%의 시대를 봤고, 젊은이들의 열정, 피, 땀으로 겨우 굴러가던 찌질이의 시대를 겪었고, 그런 나에게 한 해만 12%에 육박하는 미친 성장의 계절은 가히 꿈과 희망과 환상의 모험이 넘실대는 판타지에 가까웠다.

뭘 해도 대박인 때.

그러나 분별없이 덤비진 않는다.

자고로 참는 자가 땅을 얻으리니.

전략대로 전술대로.

조용히 내 길을 갈 것이다.

실실 웃으며 날 무시했던 놈들 하나하나 두고 볼 생각이었다.

특히나 대양제당 놈들.

내가 일어서는 날.

아주 재밌는 일이 벌어질 것이다.

그래서 난 그 큰돈을 한국, 일본, 미국 3개국으로 십 원 한 장 안 남기고 다 꼬라박았다.

기겁해 만류하는 서 실장에게 이런 말도 해 줬다.

"안 됩니다. 이러시면 안 됩니다. 이래선 안 됩니다."

"서 실장은 나만 믿어! 이 돈은 나를 단숨에 점핑시켜 줄 거야. 한국 아니, 세계의 정점으로 데려가 줄 거라고."

"세상에…… 대체 왜 이러십니까?"

"난 세상의 왕이 될 거야. 움하하하하하~."

"미친……."

의외의 일격을 맞긴 했지만 괜찮다.

1에서 10을 가는데도 삐걱거리던 인생이 100에서 1,000으로 1,000에서 10,000으로 나아가는데도 쌩쌩 흔들림이 없다.

모든 게 바뀌었다.

백 년에 하나 나타난다던 개망나니가 때를 기다리는 잠룡이 되었고 평소 개판 친 것도 천재의 광기로 탈바꿈됐다.

그렇게 외면하시던 일가분들께선 저번 모임을 그렇게 망쳤는데도 내 공부 비법에 대해 관심을 끊지 않으시고 자녀들에게 본받으란 소리도 했단다. 미친 짓거리들이지만.

나는 그럴 때마다 살짝쿵 미소로만 일관했다. 기가 막혀

할 말이 없어서일 뿐인데 그럴수록 나에 대한 신비감은 더욱 커져만 갔다.

이게 희한할 노릇이었다. 잘되니까 뭘 해도 다 잘 풀린다. 술술. 소주가 넘어가듯 맥주를 빨듯 목구멍에 잘도 넘어간다.

어머니도 똑같았다. 궁금한 게 많은지 늘 주변만 배회했다. 빤한 눈치다.

그래도 난 절대로 열어 주지 않는다. 마치 너는 내 상대가 아니라는 듯 어머니가 나에게 한 것처럼 점점 소외시켰다.

이렇게 내 저녁을 묻는 지경까지 이르러 버렸다.

"다녀올게요."

"알았다. 이따가 보자."

"에……?"

이따가 보잖다.

오모나, 이~따~가 보자굽쇼?

우리 엄니에게 언제 이렇게 다소곳한 면이 생겼을까. 날이 갈수록 진화하는 자태에 도리어 내가 적응이 안 될 지경.

'하긴 어머니도 미칠 것 같겠지.'

그날 일에 대한 형제들의 추궁도 그렇고 자신도 신우백화점 독립을 앞두고 할 게 천지다.

즉 삼촌을 감복시킨 역량을 신우백화점에도 쏟고 싶은 거다.

그러나 정작 필요할 때 나에 대해 아는 게 없다. 기껏 하는 짓이 서 실장이나 불러다 갈구는 거고.

앵무새처럼 미리 맞춘 말만 하고 아들은 상대해 주지도 않고 그렇다고 아쉬운 소리 하자니 자존심은 상하고. 웃음만 나왔다.

'안됐지만, 어머니는 백화점이나 하세요. 딴 건 기웃대지 마시고요. 당신 아들은 당신을 전혀 보고 있지 않답니다.'

기뻤다. 즐거웠다.

요즘은 삶이 이렇게 아름다울 수가 없었다.

Chapter 14. 서울의 거리

1988년도의 서울 거리는 참으로 한산했다.

거치적거리는 게 별로 없다는 게 일단 신기했다.

건물들도 아직 짜리몽땅하고 차도에도 르망이나 포니 같은 난쟁이 똥자루만 한 것들만 주로 다닌다.

세상에…… 르망에 포니라니.

좀 잘나가면 스텔라든가. 저기 지나가는 각 그랜저는 어느 시대 유물인고.

격세지감이다. 온갖 브랜드로 도배해 놨던 서울의 거리가 이토록 촌스럽고 비어 보이다니.

창문을 열었다.

아직 대부분의 차량이 도어핸들임을 감안하면 파워윈도 우도 이 시절엔 꽤 놀라운 옵션이었다.

다시 격세지감을 느낄 새도 없이 바람이 훅 들어오는데 이번엔 누군가의 시원한 노랫소리가 내 귓바퀴를 때렸다.

-손에 손잡고~ 벽을 넘어서 우리 사는 세~상 더욱 살~기 좋~도록~.

"으응? 손에 손잡고?"

"이번 올림픽에 공식 주제곡으로 지정된 노래라네요. 온 나라가 지금 이 노래로 난리입니다."

"언제부터?"

"한 보름 된 거 같은데요. 어떠십니까?"

"제법 잘 만들었어. 내 귀에도 아직 세련돼."

"마음에 드시는가 봅니다."

"어째 돈 좀 쓴 것 같은데. 이거 한국에서 나올 멜로디 라인이 아니야."

요때는 앨범 낼 때마다 반드시 '아름다운 우리나라'나 '조국 찬가' 같은 건전가요를 한 곡씩 넣어야 했다.

'손에 손잡고'는 확실히 그런 느낌과는 거리가 멀었다.

"맞습니다. 이탈리아 출신 작곡가한테 의뢰했다더군요. 가수는 한인 2세로 다 가족이라 하고요. 둘 다 최고 수준의 대우라 들었습니다."

"코리아나지?"

"도련님도 아십니까?"

"들어는 봤지. 아니, 모르는 게 간첩 아냐? 이렇게 시끄럽게 떠들어 대는데."

"그렇긴 하죠."

'손에 손잡고'

참 좋다. 듣기만 해도 뭔가 이뤄질 것 같은 희망이 샘솟는 노래다.

올림픽 하면 떠오르는 노래. 온 국민이 세계 속에 대한민국을 드러내게 됐다며 기뻐했던 노래. 자부심의 노래. 추억 속의 노래.

하지만 내 귀엔 유치부터 관여하여 올림픽을 직접 치르게 된 대통령이 자신의 업적을 기리기 위해 심혈을 기울여 국민을 호도하는 선동가로 보였다.

모두 들으시오~.

우리가 드디어 선진국의 반열에 들어섰습니다.

온 세계가 우리 대한민국의 발전을 놀랍게 바라봅니다.

이 기회를 놓쳐서는 안 됩니다.

더욱더 박차를 가해 달려 나가야 합니다.

그러니 약간의 불편함이 있더라도 감내하십시오.

이 모든 게 다 국가와 민족을 위해서가 아닙니까.

국가에 양보하십시오.

임기 말까지 4천억이 넘는 돈을 호로록해도 좀 참아 주십시오.

다 국가와 민족을 위한 일이 아닙니까.

월월월월~.

"어디서 개가 짖나."

"개라뇨? 코리아난데."

"아니, 그게 아니고. 돈맛을 알아 미쳐 버린 개가 한 마리 있어서."

"네?"

돈이 한쪽으로 마구 쏠리고 있었다.

이 지랄을 하느라 각출된 돈만 얼말까.

거기서 흔적도 없이 사라질 돈은?

말단 공무원까지 소주값 안 챙겨 주면 일을 안 하던 시대다.

윗물은 대체 얼마를 챙겨 줘야 움직일까?

대한민국의 오늘은 민주주의의 탈을 쓴 엿 같은 군사 권력의 시절이었다.

여기엔 도의도 상식도 필요 없다.

힘없고 빽 없으면 세상없을 자본가도 통째로 쓸려 나간다.

대양방송이 그랬고 국제그룹이 그랬다. 건실한 기업 몇 개가 권력자를 위한 본보기 차원으로 날아가 버렸다.

그래 놓고 씨벌, 자기가 보통 사람이란다.

보통 사람.

1988년도에…… 어느 누가 감히 보통 사람을 거역할까.

"근데 정말 괜찮을까요?"

"뭐가?"

"투자요. 주식은 한 바구니에 담으면 너무 위험하다 들었습니다."

맥락 없는 얘기다.

서 실장. 지금 우리 '손에 손잡고' 얘기 중이야.

"누가 그런 얘길 해 줬어?"

"저도 공부 좀 했습니다."

"공부했다고? 왜?"

"도련님이 하시는 일인데 저도 당연히 알아야죠. 이거 왜 이러십니까? 같이 일 한두 번 하는 것도 아니고."

"내가 걱정된다는 거야?"

"두말해 뭐합니까?"

"뭘 걱정해. 사서 걱정하지 마. 난 괜찮아. 다른 사람은 망해도 난 절대로 안 망해."

"바로 그런 마음이 더 위험하다고 했습니다. 그거 모르십니까?"

"난 그런 마음 좀 가져도 돼. 미래에서 왔으니까."

"또 그 말씀이십니까?"

"아직도 꽁해 있는 거야?"

"너무 공격적인 투자는 그만한 리스크를 집니다. 조금쯤은 관망하는 것도 나쁘지 않습니다."

"안 그래도 3개국에 분산 투자했잖아. 달걀을 여러 바구니에 담으라고. 이거 몰라?"

"이게 그 말이 아니지 않습니까?"

서 실장은 충분한 수익을 얻을 수 있으면서도 안정적인 분야 쪽을 선택하라는 소리였다.

예를 들어, 부동산 같은 것.

그리고 또 하나.

주식에 몰빵한 내게 돈 개념이 없는 건지 아님, 정말 또라이 건지 묻고 싶은 거였다.

이대로 괜찮냐고?

괜찮다. 믿지 않아도 갈 길은 걸어가야 하고 따르지 않아도 수풀을 헤쳐 나가야 할 게 리더란 존재라면, 나는 리더로선 완벽하다.

서 실장의 무시? 태클?

우습다.

원래 예수님도 태어난 동네에서는 괄시당했다.

그리고 난 이런 거에 익숙하다.

지금은 이래 보여도 다 성공하고 나면 미화되는 게 일상 아니던가.

북쪽의 아저씨도 맨몸으로 강을 건너고 나뭇잎으로 수류
탄을 만들었다는데 나라고 못할쏘냐.

끝난 얘기로 질질 끌 이유 없어 다시 화제를 올림픽으로 돌
렸다.

"됐고. 근데 그거 알아?"

"뭔데요?"

"빛이 밝을수록 그림자가 짙은 거."

"……그렇겠죠. 근데 갑자기 그 말은 왜……? 맥락도 없
이."

맥락은 당신도 없었어.

"그냥 망나니가 하는 소리라 여겨. 뭘 그렇게 따져? 그리고
이건 날 빗대는 말이 아니야. 나라 얘기라고. 하지 마?"

"하십시오. 일단 귀부터 닦고 듣겠습니다."

"진지하게 물을게. 서 실장은 올림픽이 진정 한민족을 위
한 축제라고 생각해?"

"그야…… 사람들이 그렇게 말하고…….."

"방송에서 막 떠들고 온 나라가 들썩여서?"

"그…… 렇죠. 다들 기다리던 일이 아닙니까? 도련님 생각
은 다르십니까?"

"다르지. 많이 달라. 위험해. 내 보기에 아직 10년은 일러.
이 나라는 너무 일찍 축포를 터트렸어."

"10년이 이르다니요? 올림픽이 잘못됐단 말입니까?"

"한참 잘못됐지. 인류의 평화를 기원하는 축제가 개인적 욕망의 산물로 이용됐으니 말이야. 그 후폭풍은 누가 감당하고?"

기반, 인력풀, 시스템…… 모든 게 부족한 대한민국에 올림픽 유치는 그야말로 오버였다.

허락한 IOC도 그렇고 한다는 놈도 그렇고 다 도둑놈들이었다.

유치 과정에서 또 얼마나 많은 세금이 낭비됐을지.

한창 국가 발전에 쓰일 막대한 자금이…… 단지 보름 놀려고 벌인 쇼에 날아가 버린 거다.

가히 명성황후급 낭비벽이 아닐까.

이걸 누가 책임질까?

결국 만만한 게 국민이다.

"근데 웃긴 건 나라 꼴이 엉망인데 엉망이 아닌 것처럼 느껴져서가 문제라는 거지. 누구도 지적 안 해."

"지적할 게 있나요? 아니, 지적할 수도 없겠죠. 지적했다간 빨갱이로 몰린 판인데."

"그렇긴 하지. 씨벌, 이게 군사독재 국가지 제대로 된 국가야? 아니, 그래도 지식인이라면 지적해야지. 이것들은 돈만 주면 얼렁뚱땅 논리 만들어서 권력자 똥구녕이나 핥아 대고."

"너무 욕하지 마십시오. 그런 녀석들 덕에 도련님 위치가 공고해지는 거 아니겠습니까? 학위는 그러라고 주는 건데요."

"안다고. 알아. 다 안다고요. 내가 망나니라 그냥 다들 희망찬 게 아니꼬워서 그래. 씨바, 부족한 게 없어. 부족해도 다들 비슷비슷하니까 부족한 걸 몰라. 잘되고 있다는 희한한 환상 속에서 처놀고만 있고."

"그게 왜 문제가……."

"문제지. 문제야. 아주 큰 문제. 10년 안에 나라 전체가 개박살 날 아주 더러운 문제라고. 서 실장은 모르겠지만."

일본처럼 나라에 돈이 너무 돌았다.

정기예금 이자율이 많이 떨어졌음에도 15%에 달하고 건설과 개발 붐이 온 나라를 쉼 없이 파헤친다. 실로 엄청난 자본이 시중에 뿌려졌다.

하루가 다르게 발전하는 나라.

상전벽해가 무릇 1년 만에 벌어진다.

아주 대단하다.

눈 돌리는 곳마다 달콤한 꿀물이 뚝뚝.

조금만 버티면 버터와 쇼트닝이 흐르는 땅에서 살 수 있을 것 같은 벅찬 감격이 온 나라에 흘렀다.

미친 거다. 완전히 미쳐 버렸다.

세상에 그런 나라가 어딨나? 그렇게 말하는 놈이 있다면 그놈이 바로 사기꾼임을 왜 모를까.

위기란 개념 자체가 사람들 머릿속엔 없었다.

그런 시대였다.

시대의식?

길가에 널린 개똥만도 가치가 없다.

물론 내가 너무 부정적으로 말하긴 하지만 사실 이때는 정말 대단하긴 했다. 20년 후에도 서민들 사이에서 회자되는 제일 살기 좋을 때, 단군 이래 최고의 호황이라는 그 전설적인 시절이 바로 이때였으니까.

열심히만 하면 모두 부자가 될 수 있다고

조금만 더 하면 더 나아질 수 있다고

누가 가르쳐 주지도 않은 순진한 믿음으로 오늘도 착취당하며 희망에 부풀어 살았다.

"대학생이 제멋대로 올리는 등록금 인상에 반대해 데모라도 할라치면 손가락질부터 하고, 쪽방촌이 강제로 밀려 우르르 길바닥에 쫓겨나도 모든 게 국가와 민족 아래서 양보되어야 하고, 근면·성실·순종이 미덕이고…… 씨발이고 닥치고 또 닥치고 조용히 일이나 하고. 이게 정상이야?"

"왜 갑자기 리듬을 타시죠? 아니, 그게 왜 문제입니까? 열심히 사는 거지 않습니까? 각자 자기 위치에서."

다들 이렇다.

각자 자기 위치에서 노동자들이 이렇게 자발적이니 사업자가 니나노 하는 거다.

기업 하기 참으로 좋은 시대였다.

그러나 언제까지 좋을까.

화무십일홍이라. 파티는 딱 10년 후 막을 내린다. 도둑놈처럼 찾아온 욕망의 아가리들한테 죄다 뜯겨 죽는다.

"내가 뭐래? 그냥…… 온 나라가 홍청망청해 대는 게 불안해서지. 덕분에 돈 벌게 됐다지만 안타까운 건 안타까운 거아냐?"

"뭐가요?"

"몰라도 돼. 그런 게 있어. 이참에 나도 내 이름으로 된 재벌이나 되려고. 맞아. 재벌이 별건가. 돈 있고 대대로 해 처먹으면 그게 다 재벌이지."

IMF가 오고 나라 살림이 통째로 거덜 난다고. 너희들 얼마안 가 노예가 될 거라고.

말해 준다고 누가 믿을까.

뺨이나 맞지 않으면 다행이다.

"네? 재벌이요? 군벌도 아니고 그게 무슨 말이에요?"

서 실장이 눈을 동그랗게 뜬다.

이런 부분에서도 격세지감이다.

영어사전에도 등재될 자랑스러운 이름이 듣보잡이라니.

이럴 때면 미래의 언어를 아주 적극적으로 사용할 의무감을 느낀다. 난 재벌이라는 단어가 아주 좋다.

"갑부들 말이야. 돈이 철철 넘쳐 대대로 다 해먹는 갑부들. 옛날로 말하면 지주들. 걔들이 재벌이지."

"오오, 재벌. 거 괜찮습니다."

"지금으로 치면 그룹사 정도 되겠네."

"그룹사…… 어! 이것도 '벌' 자가 붙었으니 집단이라는 얘기 아닙니까?"

"옳지. 돈과 혈연으로 이어진 집단들. 특별한 인연이 없고는 절대 들어갈 수 없는 유리천장. 금정이 그렇고 현수가 그렇고 롯사도 그렇고 우리 대양도 마찬가지야. 잘 생각해 봐. 서로 한 다리 걸러 혈연으로 다 연결돼 있지. 진즉부터 지들끼리 다 해먹고 있던 거야."

"오오~ 이거 말이 됩니다. 재벌이라. 재벌……."

50대건 100대건 대한민국 기업 리스트에 오른 것들은 죄다 연결돼 있다고 보면 알기 쉽다.

금정만 해도 항공의 한민, 오토바이의 효상, 고속버스의 금후, 식품의 대임, 통신으로 대박 날 선영, 자동차와 건설의 현수그룹과 거미줄처럼 이어졌다.

이뿐인가. 정·관계를 마다치 않고 명문가랑 짝짜꿍 돼 있으니 이걸 누가 건들까. 더욱이 시간이 갈수록 체제화되고 공고해진다. 물론 그 정점엔 대양이 설 거지만.

"난 재벌이 될 거라고. 지금은 뭣도 없는 반푼이 인생이지만 혹시 알아? 대한민국 최고가 될지. 서 실장은 이런 내가 믿겨져?"

"믿지요. 우리 도련님은 벌써 대표이시지 않습니까? 다른 분들보다 훨씬 빠르지요. 아마도 10년이 지나고 20년이 지나면 회장님이 돼 계실 겁니다."

"그래, 그럴 거야. 그때까지 서 실장도 잘 부탁해."

"여부가 있겠습니까. 제 자리는 늘 도련님 옆입니다."

마무리는 언제나 훈훈한 게 좋다.

Chapter 15. AS

벌써 세 번째 호출이지만 귀찮은 표정을 지웠다. 앞서 두 번의 호출이 모두 밥이나 먹으며 보냈기 때문에 달리 해 준 게 없었다.

간을 보는 건지 아직 준비되지 않은 건지 제안서에 대한 내용은 아예 꺼내지도 않았고 별 시답잖은 얘기나 하며 보내는 삼촌을 보며 나도 복잡했지만 묻지 않는 것에 대해 나불댈 정도로 내공이 적지 않은 관계로 관계는 평행선을 그었다.

어쨌든 나로서는 나쁘지 않은 상황이었다.

삼촌이 많이 부를수록 일가들이 할 오해는 커질 테니까.

그리고 돈도 모두 받은 상태.

갑의 의지에 반할 내가 아니다.

오로지 성실한 AS만이 내 살길이고 두 번째 떡고물을 확고히 내 손 안에 떨어뜨릴 계기가 될 거라 믿었다.

그날을 위해 오늘도 난 하루를 경주한다.

파이팅하며 비서실장의 안내에 따라 논스톱으로 회장실에 들어갔는데, 내가 허리도 굽히기 전에 삼촌이 내 손을 잡아 자리에 앉힌다.

어! 오늘따라 급하다. 분위기도 전과 많이 달랐다.

"이해가 안 가는 게 있어서 불렀다."

"……말씀하십시오."

차 내올 시간도 없다. 정말 급하다.

"통신이라 하면 통신업을 말하는 거니? 전화국 같은 거?"

삼촌은 나를 보지 않고 자기 목적을 밝히느라 바빴다. 질문도 앞 뒷말 다 자르고. 정말 바쁜 거다.

당황하면 안 된다. 집중력 UP. 상대의 의도부터 먼저 읽자.

"……아닙니다. 통신기기의 제작을 포함, 부가적 사업을 모두 뜻합니다."

"통신기기 제작? 부가적 사업? 그럼 통신기기는 카폰이나 위성전화 같은 걸 말하는 거냐? 이번에 대한이동통신이 꺼낸 휴대폰 사업 같은 거?"

휴대폰!

눈이 번쩍 뜨였다. 이 양반이 급한 이유. 이제야 알 것 같았다.

당황하지 말자. 당황하지 말자.

제법 준비했겠지만 지가 알아봤자 아니, 아무리 많이 알아봤자 나보단 모른다.

심호흡을 크게 한 뒤 최대한 담담하게 답해 줬다.

"네, 맞습니다. 옳게 보셨군요. 앞으론 거의 모든 사람이 전화기를 가지고 다닐 날이 올 겁니다."

"전화기를 가지고 다녀?"

"주머니에 쏙. 가방에 쏙. 세상 어디를 돌아다니든 반드시 챙길 물품이 된다는 말씀입니다."

"너 그거…… 삐삐에서 힌트를 얻은 거냐?"

"네."

"하지만 집 전화 라인이 전국에 펼쳐…… 아니야. 아니야. 그렇군. 성격 급한 한국인이라면 바로바로 사용할 수 있는 휴대폰을 훨씬 선호하겠어. 지금이라면 어디든지 들고 다니는 전화기는 자랑거리도 될 거고."

스스로 인지하고 스스로 고개를 끄덕인다.

좋은 반응이다. 여기에 계기만 더 얹어 주면.

"휴대폰의 확장력은 가히 폭발적일 겁니다. 집 전화로는 하지 못할 은밀한 대화도 가능하고 급한 용무도 물론이고요. 특히 소통이 특성인 여자들에겐 필수 아이템이 될 겁니다.

아예 몸에 달고 살겠죠."

"여자들…… 그렇겠구나. 그렇겠어."

"물론 여기에서 끝나면 안 됩니다."

"또 뭐가 있더냐?"

"매달 통화료를 받아야죠."

"통화료? 삐삐 사용료처럼?"

"무선이잖아요. 기기는 기기대로 받고…… 계산해 보십시오. 만일 한 명당 매달 만 원씩 통화료를 받는다면요? 그게 폭발적으로 퍼져 천만 명에 달한다면요?"

"천만…… 명……!!"

너무 놀라는 걸 보니 삼촌은 기기만 생각한 모양이었다.

제조업은 몰라도 확실히 서비스적인 측면은 아직 약할 때인가 보다. 뭐 이것도 현세대의 한계이긴 했다.

설명이 좀 더 필요했다.

"통신산업은 거의 노다지 산업이죠. 비교적 초기비용이 많이 들긴 한데. 기반만 갖춰 놓으면 약간의 고정비를 제외하곤 그냥 꿀입니다. 제조업이랑은 차원이 달라요. 사람들의 욕망을 먹고 사는 산업이니까요."

"욕망……."

"1조 원의 투자가 들더라도 매달 1천억이라는 유동성이 생깁니다. 이게 2만 원이면 2천억이 되겠죠. 사람들이 돈 2만 원이 아까워 휴대폰을 포기할까요? 남들은 다 가지고 다니는데 자기 혼자만 연락이 안 된다? 이거 도태죠. 그리고 이건 기기 값은 치지도 않은 얘기입니다."

"세상에…… 이거 보험회사 이상인데."

삼촌의 눈이 번쩍 뜨였다.

설마 그 정도일 뿐일까.

기업가의 지갑이자 화수분 주머니 보험회사는 지는 해에 불과했다.

설계자 수당에 90%가 넘어가는 가입률. 갈수록 경쟁상대도 많아지고 비례하여 영업이 어려워지는 보험은 세계로 뻗어 나갈 통신업의 상대가 되지 않는다.

"삐삐가 이 나라를 어떻게 집어삼키는지 보시면 이해가 빠르실 겁니다. 한번 통하면 불붙는 우리 민족 아시죠? 이것도 2년 안에 승부가 납니다. 그땐 늦겠죠."

"그렇……겠지."

"그리고 그뿐이겠습니까? 통신엔 인터넷도 들어갑니다."

"인터넷?"

전혀 모르는 얼굴이다.

"아, PC 통신과 비슷한 분야입니다."

"그건 뭐지?"

"일종의 정보교환 창구라 보시면 됩니다. 아직은 소수가 지엽적인 곳에서만 사용 중인데 앞으로 이걸 통해 개인 PC가 서로의 정보를 공유하게 될 겁니다. 수백, 수천만 개의 망이 펼쳐질 것이고 그게 온 세계를 하나로 연결시킨다고 생각하시면 간단합니다."

"……."

아직 감이 잘 안 오는 얼굴이다.

안타까웠지만 나로서도 더 설명하긴 힘들어 방향을 살짝 틀었다.

"이것만이겠습니까? 개인 PC는 물론 자동차, 통신기기, TV 할 거 없이 전자기기들은 모두 고성능을 지향할 겁니다. 인터넷도 그중 하나입니다. 그 힘으로 세계는 더더욱 빨라질 것이고 하나로 뭉쳐지는 시기도 그렇게 되겠죠. 글로벌. 지구촌. 이런 게 괜한 말이 아닙니다. 저는 여기에 우리 대양의 미래가 걸려 있다고 믿습니다."

"……으음, 이거 보통이 아닌 일이었구나. 내가 전혀 잘못 짚고 있었어."

아는 분야가 섞이니 그제야 눈에 슬슬 초점이 맞춰진다.

그러나 아직 선명하지는 않다. 삼촌에겐 좀 더 확실하고도 손에 쥐어지는 게 필요한 것 같았다. 친절해질 타임이다.

"물론 이 모든 것이 이뤄지려면 하나의 전제가 필요합니다. 앞서 들었던 예도 전자기기의 고성능에 그 기반을 둡니다. 삼촌, 그 기반의 핵심이 대체 뭘까요?"

"……."

"……."

"……메모리칩."

"일찍이 할아버지가 본 가능성이었죠. 그걸 삼촌이 이어받았습니다. 즉 대양의 모든 가능성은 메모리칩의 가능성이라 봐도 무방합니다. 제가 반도체 중심으로 포트폴리오를 제안한 이유도 바로 그것입니다. 반도체야말로 우리의 미래입니다."

"대……단하구나. 솔직히 말해 난 거기까지 가지도 못했다."

"결국 생각해 내셨을 겁니다. 어차피 길목이니까요."

"아니지. 지금과 5년 후는 확실히 다르지. 시간을 많이 벌었어. ……그래, 시간을 엄청 번 거야. 대길아."

"네."

"넌 이 반도체 시장을 얼마나 내다보고 있니?"

"20년 안에 최소 3천억 달러 시장은 되겠죠. 시간이 갈수록 더더욱 커질 테고요."

비메모리 분야는 아직 언급할 시기가 아니다.

한 10년 후에나 가능할까?

"네가 말한 휴대폰은?"

"이것도 세계를 기준으로 생산회사가 우후죽순 생겨날 겁니다. 나눠 먹을 파이가 얼마나 될까요? 지금 시작하는데 적어도 천억 달러 정도는 가져와야 하지 않겠습니까?"

"천억 달러……."

삼촌의 정신이 나가려 한다.

충분히 이해하였다.

애초 돈 단위가 다르다.

혹 삼촌이 어떤 미래를 그려 봤어도 그건 혼자만의 것이었다. 이렇게 누군가가 짚어 주는 건 차원이 다른 문제였다.

그것도 회장이 된 지 반년도 안 돼 주변에 뭔가를 보여 줘야 하는 삼촌이라면.

"그것만이 아니죠. PC는 어떨까요? 여기에 인터넷까지 접목하면요? 그에 부가될 서비스는요? 통신업만으로도 대양은 1988년의 한국을 넘어설 겁니다. 자, 다른 산업은 또 어떨까요?"

"……!!"

입을 떡 벌린다.

돈 굴러오는 소리가 들리는 거다.

말하는 나조차 심장이 벌컥대는데 삼촌은 오죽할까.

그러나 이쯤에서 제동을 한 번 걸어 줘야 스토리가 더욱 찰져진다.

애로사항을 밝혔다.

"하지만 아쉽게도 한국의 통신업을 이끌어 갈 대한이동통신을 선영에서 먼저 찜했습니다. 벌써 몇 년 전부터 직원들을 파견해 통신 기술을 배우는 중이더군요."

"선영이? 그 기름 파는 선영이 벌써?!"

삼촌이 기겁하였다.

아마도 강도를 만난 기분일 거다.

아주 엿 같은 기분.

내가 하도 많이 당해서 너무 잘 아는 기분.

"천이나 짜서 팔던 기업이 유공 인수 후 공격적으로 사업을 벌이지 않습니까? 이것도 그 일환입니다. 더욱이 보통 사람이랑 사돈까지 맺었습니다. 이대로 둔다면 선영이 어디까지 자랄지 모르겠죠."

"보통 사람…… 맞군. 그 인간이 선영이랑 이어졌지. 하아~ 그렇군. 이거 보통 일이 아니구나."

"쿠쿡쿡."

"왜 웃어?"

"장애물이긴 한데 장애물은 넘으라고 만든 게 아니겠습니까? 설마 넘지 않고 선영이 독식하게 내버려 둘 생각은 아니시죠?"

"그래야지. 암 그렇고말고."

혼자서 다짐한다.

이쯤 했으면 삼촌이 알아서 할 것이다.

난 뒤에서 역사가 어떻게 흘러갈지 구경하며 팝콘이나 먹으면 된다.

가만, 팝콘?

몇 년 후 분사될 대양제당이 멀티플렉스 사업에 도전할 걸 난 알고 있다. 그걸 기반으로 방송, 연예…… 문화사업을 표방하며 온갖 개지랄을 떠는데.

오호라. 제당 쪽이 가져갈 건 절대로 그냥 놔두면 안 된다.

"……대양이 다 가져갈 순 없겠지?"

"홀로 나선다면 이빨도 안 박힐 겁니다."

"그렇긴 하겠지. 특혜 시비를 걸어도 찍어 놓고 한다면 도리가 없는 건데…… 근데 진짜로 그걸 민간에 내놓을까? 네 말대로라면 대한이동통신은 알짜배기 회사잖아."

"내놔야 할 겁니다. 대통령을 영원히 해먹을 게 아니라면요. 보통 사람도 퇴임 후에 먹고 살아야 하지 않겠습니까? 그게 단지 우리의 잔치가 아니라는 게 문제인 거죠."

"대한이동통신이라. 대한이동통신이라……."

휴대폰의 등장은 그야말로 센세이셔널이었다.

온 국민이 열광했고 너도나도 하나씩 다 가지길 원했다. 그리고 이후 나오는 스마트폰은 말을 해서 더 뭘 할까.

그러나 일은 순서가 있었다. 욕심낸다고 다 가지진 못한다.

'아쉽겠지. 나라도 능력 있으면 독식하고 싶겠다.'

삼촌이 아쉬워하는 건 이해했다.

반도체를 쥐었으니 전자산업에 대한 기반은 누구보다 탄탄하다. 거기까지만 가면 좋겠는데 이미 보험회사보다 더한 돈줄 노다지 산업을 봤다.

가만히 있으면 기업가가 아니다. 독식하고자 나서지 않는다면 삼촌이 아니다.

마음만 먹으면 선영 따위 개박살 낼 수도 있건만 문제는 보통 사람이었다. 보통 사람은 한때 절대 권력이었던 대머리 본인까지 골로 보낼 인물.

밉보였다간 그룹 자체가 죽는다.

'나중에 이혼한다는 소리가 나오긴 할 건데 굳이 그걸 지금 밝힐 필요는 없겠지.'

여기에 대해서는 노코멘트다. 쓸데없는 말은 수명을 줄이는 법.

난 오래 살고 싶다. 누릴 거 다 누리며.

"보통 사람이라면 어쩔 수 없겠어."

"정면이 안 되면 옆구리를 쳐야겠죠?"

"맞다. 일단 최 회장부터 만나야겠어."

포트폴리오에 대한 AS는 이쯤에서 끝냈다.

더 끼어들어서도 안 되고 끼어들면 경영간섭이자 추후 날 못마땅하게 볼 빌미가 된다.

두 번째 제안한 금융도 마찬가지였다.

말 그대로 통제 불가능한 천상계의 영역을 무슨 수로 훈수 둘까. 근거는 뭐로 잡고.

어쨌든 내 마지막 보루이기도 하고 옳게 진행하려면 헤지펀드와 닿아야 하는데 세계 단위로 암약하는 그들과 연결될 선은 내겐 없었다.

바로 세 번째로 넘어갔다.

"미래전략실의 중요성이 여기 통신사업에서도 드러납니다. 늘 정보가 부족하죠. 그리고 또 언제까지 정권에 휘둘릴 수는 없을 노릇이잖습니까. 바뀔 때마다 난리도 이런 난리가 없습니다. 때마다 선거자금 가져다 바치는 건 둘째 치더라도 들통나면 기업만 처맞고 바뀌는 건 없습니다. 악순환을 끊으려면 단호히 나서서야 합니다."

로비가 불법인 나라다.

그러면서도 로비를 안 하면 안 되는 나라다.

이런 이율배반적 상황에서 살아남으려면 방법이 없었다.

더욱더 은밀하게…… 더욱더 치밀하게…….

밉보이는 순간 해체되니까.

기업이 아무리 잘나가도 군대와 경찰, 검찰은 없다. 안기부도 없다. 사법 제도는? 말 한마디에 일사천리로 움직일 공권력은?

한번 잡아 놓고 털기 시작하면 삼촌의 할아버지의 할아버지라도 버텨 낼 재간이 없었다.

이게 문제였다.

우리 입장에선 4, 5년마다 바뀌는 별거 아닌 쩌리들이 돈은 돈대로 처받고 머리 위에서 군림한다는 것. 잘못도 없는데 늘 고개 숙이며 살아야 한다는 것.

이 때문에 현수그룹의 왕회장님이 다음 대선에 출마하지 않나. 열 받으니까. 언제까지 삥만 뜯길 순 없으니까.

결국 갱상도 남자한테 밉보여 그룹 자체가 개작살 나지만 일면 이해 안 가는 것도 아니었다. 하지만.

'정면 승부는 안 돼. 저들은 콘크리트 층이라 불릴 만큼 단단한 지지층을 얻고 있으니까. 그건 깬다고 깨질 성질의 것이 아니야.'

거의 세뇌 수준의 맹목적 지지.

난 이걸 이렇게 표현한다.

씨발이라고.

이런 환경에서 기업이 살아 나갈 방법은 하나밖에 없었다.

확고한 정경유착.

견고한 아성 축재.

게걸스런 식탐.

사돈의 팔촌, 그 팔촌까지 이어지는 거미줄 관계도를 만든다. 걸리는 건 다 먹어 치운다. 걸맞게 바친다.

그러다 또 당하겠지만 어쩔 수 없다. 악순환의 고리라도 고양이가 사자가 될 순 없었다.

이건 삼촌이라도 벗어날 수 없는 굴레.

언제고 비자금 때문에 한 번 돈도 토해 내고 개망신당하게 되는데 물론 이것도 얘기해 주지 않을 거다.

내 목숨은 소중하니까.

"그건 맞구나."

"20년, 30년을 내다보십시오. 대양은 분명 세계 속에 우뚝 설 겁니다. 그럴진대 대통령은 몰라도 국회의원 조무래기들까지 만만히 보게 해선 곤란하겠죠. 아니, 자본주의 사회에서 돈 앞에 대가리를 꼿꼿이 들 위인이 어딨습니까? 선거는 뭐 공짜로 한답니까? 앞으론 그들이 삼촌을 위한 거수기 노릇을 하게 만들어야 할 겁니다. 정치 계속하고 싶으면 알아서 긇게요."

"거수기?"

"다수결 아닙니까?"

"허허허허, 거참 딱 맞는 표현이로구나. 거수기라. 거수기. 거참 좋다. 결국 교육사업이 답이란 얘기지?"

"영향력은 괜히 생기는 게 아니니까요."

교육이야말로 대계다. 북쪽의 부자도 교육이라 부르고 세뇌라 직역하는 이것 하나로 세습에 성공했다. 우리라고 못할 이유가 없었다.

"성공할 겁니다. 지금부터 시작하면 반드시 성공하겠죠. 그때가 되면 대통령을 제외하고 대양가를 건들 사람이 없을 겁니다. 아니, 대통령도 눈치 보겠죠. 탄핵 안 받으려면."

"탄핵…… 그렇군."

하지만 삼촌은 바로 움직일 듯 망설였다.

여기까지 왔는데도 망설이는 이유를 나도 짐작은 했다. 해마다 몇십 조씩 때려 박아도 문제점투성이인 게 교육이라는 분야라고 생각하면 쉽게 접근할 문제는 아니었다.

그러나 이것도 분명히 말하건대 오너의 의지에 달렸다는 건 확실하다. 단지 그것이 오너에게 확신이 될지가 의문이지만.

'민주주의란 정치체제는 허울 좋은 명분일 뿐 실제론 발전을 더디게 하는 걸림돌에 불과하다. 그리고 독재는 부작용이 많은 반면, 제대로만 간다면 짧은 시간에도 가시적인 변화를 일으킬 수 있고. 둘 중 무얼 선택할지는 오로지 오너의 몫이지만 기업의 총수란 본질은 결국 규모를 작게 한 일국의 왕임을 잊어선 곤란한 게 문제다.'

살아온 체제와 다른 길.

누구도 좋다 하지 않은 가시밭길. 실패하는 순간 바로 나락으로 떨어질 살얼음 길.

누가 걷고 싶겠나.

그러나 이걸 극복하느냐와 아니냐의 차이가 곧 큰 성공의 갈림길이라 나는 확신한다.

선대 회장 할아버지가 주주들의 말을 경청했다면 대양전자는 이 세상에 없었을 것이다. 아니, 계열사 매출로 겨우겨우 연명하던 대양전자의 규모를 제 마음대로 늘리고 확장시킨 2대 회장이 아니었다면 이 역시도 역사의 뒤안길로 사라졌을 것이다.

그래서 20년 후의 대양전자가 어떤 성장을 이뤄 냈나?

세계 최고의 기업.

이 대한민국을 세계 속에 알린 첨병이 되었다. 1987년까지 변변한 매출조차 없던 회사가 말이다.

그럼, 이런 성공을 누가 불러일으키는 걸까?

주주라는 다수결? 독단이라는 오너?

애초 비교하는 것부터가 망발이다.

'이런 게 바로 오너 경영이지. 쥐뿔도 모르는 것들이 다수결이나 내세우는 거고. 그런 것들은 일단 짓밟아 주는 게 상책 아니겠어. 그게 가능한 것부터가 오너의 중대한 자질 중 하나라면 사람들은 어떻게 생각할까?'

왕도정치? 덕치? 상생?

다들 엿이나 처드세요.

오너는 앞길을 예비하고 반대를 무릅쓰고서라도 관철시키는 사람이다.

먹잇감이 보인다면 주위에 뭐가 있든 일단 잡아 목부터 깨물고 보는 사람.

돌아가신 할아버지도 그랬다.

돈이 되면 블랙홀처럼 빨아들였다. 그리고 실패한 기업가를 역적이라 부르며 손가락질했다. 그들을 혐오하고 사람 취급하지 않았다. 거기에 다른 이유는 필요 없었다. 할아버지는 늘 기업가가 실패하는 순간 그에 딸린 입도 죽는다는 걸 강조했다.

그래서 어쩔 거냐고?

그게 지금 이 상황과 무슨 상관이냐고?

캐묻기나 하고 모르는 삶도 편하긴 했다.

하지만 오너는 그래선 안 된다.

늘 깨어 있어야 하고 나중을 생각해야 한다.

내 보기에 삼촌만큼 이 일을 잘 해낼 사람은 없었다. 그는 내가 인정한 진정한 거인이니까.

"넌 내가 무엇이든 다 성공시킬 것처럼 구는구나."

"삼촌이 아니면 대한민국 누구도 성공할 수 없겠죠. 이건 장담합니다."

"입바른 소리는 아닌 것 같다만 싫지는 않다."

"결국 어떤 오너를 만나냐에 따라 백성의 삶도 성패를 좌우하지 않겠습니까?"

"넌 날 꼭 구석기 시대 족장 보듯 하는구나. 허허허허."

이것 참, 내가 지금 뭘 본 건지.

삼촌이 겸양이라니. 세상에……. 이게 어떤 의미인지 대양가가 아닌 사람은 절대 모를 것이다.

가슴이 뻐근할 정도로 뿌듯해졌다.

난 더욱 부풀렸다.

"다를 게 있나요? 어떤 왕을 만나냐에 따라 그 나라 백성들의 미래가 걸려 있는 건 동서고금을 막론하고 같죠."

"넌 어디에 걸었고?"

이것도 답이 정해진 질문이나 아쉽지만 나는 나다.

"저에게 걸었죠."

"너에게? 내가 아니라?"

"삼촌을 믿는 저에게입니다."

"호오……."

웃고 있으나 분위기가 살짝 바뀐다.

눈빛에도 지금껏 없던 경계심이 들었다.

필시 다음 대. 나재호를 생각하고 있는 거다.

아니다. 경솔하면 안 된다. 더 깊게 봐야 한다.

삼촌의 눈. 그의 눈은 이 와중에도 나를 경계하는 자신을 어떻게 보느냐고 내게 묻고 있었다. 대체 넌 어디까지 관여할 생각이냐고.

숙일 때였다.

"걱정 마십시오. 재호는 제 친구입니다. 그리고 제가 나 씨가 아니라 오 씨인 건 제가 더 잘 압니다."

"호오, 거기까지 갔더냐?"

놀란 척하지만, 눈빛이 슬그머니 풀렸다.

정답.

목소리 또한 불 옆에 둔 마시멜로처럼 풀려 갔다.

"대양농원을 맡겠다는 것도 혹 보좌의 일환이냐?"

"멀리 보는 건 아닙니다. 재호는 재호의 길을 가야 할 테니까요. 제가 대양농원을 찍은 건 아시겠지만, 할머니와의 약속도 있고 일가 전체를 위한 것이기도 합니다. 그리고 저도 상속자이지 않습니까? 덕 좀 봐야죠."

대양농원엔 할아버지의 묘소가 있다.

몇만 평의 부지를 가족묘로 조성해 놨는데 돌아가시기 전, 이 땅을 직계와 직계가 낳은 자녀(딸 제외)에게 쪼개 영원토록 세습되게 만들어 놨다. 누구도 손 못 대도록.

그 이유에 대해서는 차차 설명하기로 하고 그 덕에 나도 지분이 좀 있었다.

"그렇다 해도 할아버지가 거기에 쏟은 정성이 어떤지 모르진 않겠지?"

"건들 것과 건들지 말아야 할 것에 대한 구분은 확고합니다."

"하긴 너라면 알아서 하겠지. 더 원하는 게 있느냐?"

"없습니다. 제 뒤엔 삼촌이 계시지 않습니까."

"허허, 허허허허허허. 오냐. 회합 전, 어머니를 만난 건 깨끗이 접기로 하지."

"감사합니다."

"다만 이 일이 성사될 거란 확답은 못 주겠다. 기업도 이젠 주주의 시대다. 전문경영인이 아니면 그들을 설득할 수가 없어. 무슨 뜻인지 알지? 다만 그렇다 해도 앞으로 네가 재호와 함께하겠다는 약속을 해 줘야겠다. 그러면 오늘부터 내가 너의 뒷배가 돼 주마. 어떠냐?"

"제가 드릴 말씀은 시기는 빠를수록 좋다는 것과 말보단 실적으로 얘기하겠다는 것밖에 없습니다."

"마음에 드는군. 좋다. 일단 그렇게 마무리하자. 이제 밥이나 먹으러 갈까?"

삼촌이 손을 내밀었다.

그 손을 힘껏 잡았다.

◇ ◆ ◇

"도착했습니다."

"아, 네."

삼촌이 따로 예약해 둔 곳에 가서 신나게 먹고 마시고 돌아왔더니 자정이 다 되어 갔다.

날 데려다준 차는 떠나갔고, 나도 막 대문 앞에 서려는 순간이었다.

"어!"

"어!"

아버지와 딱 마주쳤다.

"아버지."

"대길이냐?"

"네."

"지금 들어가는 거냐?"

"삼촌이 불러서요."

"……그렇구나. 어서 들어가자."

아버지는 여전히 여자한테 인기 없을 패션에 흐트러진 머리, 초췌해진 안색으로 다녔다.

소싯적엔 제법 화려하게 놀았다고 들었는데 지금은 일생을 그렇게 살아온 것처럼 궁색맞게 단물이 쫙 빠졌다. 어머니는 아직 한창인데.

왜 이러실까?

이렇게 살지 않아도 되는데.

회귀 전엔 이런 아버지를 난 전혀 이해하지 못했다.

돈도 많고 위치도 있는데 왜 그렇게 쭈그러져 살까. 나에게도 아버지가 제일이고 최고인 때가 있었는데…… 자기 혼자 배신감에 몸을 떨었다.

나의 슈퍼맨.

세상 어떤 무서운 것이 다가와도 아버지만 있으면 괜찮았던 때가 사라짐을 난 원망으로 풀었다. 어리석게도.

하지만 지금도 원망스럽긴 했다. 조금 다른 각도지만.

그 시절 아버지의 넓은 등을 보면 그렇게도 편안할 수 없었는데 지금은 화가 날 정도로 좁디좁아 보인다는 것.

그러나 나도 그때의 내가 아니다.

그 등에 슬쩍 손을 올렸다.

"……!"

"어서 들어가시죠."

현관문을 열고 들어갔음에도 역시나 누구도 나와 보지 않았다. 상주한 아주머니만 쪼르르 나와 밥 같은 걸 예의상 묻고.

아버지는 아주머니한테도 조심한다.

행동도 꼭 머슴처럼 주인마님 깰까 봐 까치발을 들고 개울가에서 물 먹이다 풀어놓은 소처럼 신발을 벗자마자 곧장 자기 방으로 뛰어간다.

결국 내가 붙잡을 수밖에 없었다.

"아버지."

"으응?"

"라면, 어떠세요?"

둘이 마주 앉아 한 그릇씩 또 나눴다.

한 번 해 봤다고 익숙하게 소주잔도 받고 젓가락질도 자연스럽다.

아까 많이 먹어서 배부른데⋯⋯.

아무래도 오늘은 소화제를 먹고 잘 날인가 보다.

"요즘도 상황이 안 좋아요?"

"그렇지. 계열사들이 모두 조심이다. 나 회장이 단단히 마음먹은 모양이야."

"아버진 어떠세요?"

"그야 열심히 하는 거지. 내가 달리 힘이 있겠어?"

"그렇기도 하겠네요. 언제 우리가 우리 뜻대로 살아 봤어야 저항이라도 해 볼 텐데."

"너도⋯⋯ 그런다고?"

"똑같죠 뭐. 나 씨 세상인 이 대양가에 어디 오 씨가 설 자리가 있겠나요?"

"요즘 나 회장이 끼고 산다고 하더니 아니었어?"

아버지는 총회합에 끼지도 못했다. 대양가 여자들은 남편이

아닌 자식과 그들의 배우자, 자손만 데리고 참가했다. 남자들
은 다 데려왔는데.

"웬걸요. 오늘도 불려 가서 진탕 먹고 마시고 왔는데요."

"그럴수록 조심하거라. 말이 무성해질수록 적이 많아져."

"알아요. 우선 제 한 잔 받으세요."

"좋구나."

한 잔씩 한 잔씩. 라면 한 그릇을 두고 몇 순배를 돌았더니
빈 병이 두 개나 나왔다. 그만큼 자리도 유해졌다.

"아버지, 아버진 유통엔 관심 없으세요?"

"유통?"

"네, 유통이요."

"백화점을 말하는 거냐?"

이 시대엔 유통하면 백화점밖에 떠올리지 못했다.

"유통이 백화점만 있나요? 얼마나 세분화되고 분야도 넓은
데요. 물건이 돌아다니면 다 유통이죠."

"그래? 나는 기계공이라 잘 모르겠는데."

"공부하면 되죠. 처음부터 기계공으로 태어난 사람이 어딨
어요?"

"공부라……."

"한번 해 보세요. 생각보다 좋은 게 많이 나올 거예요."

"……엄마가 괜찮겠냐?"

아버진 1980년도에 들어 올해까지 명함이 10번이나 바꿔

었다.

매년 소속이, 어쩔 땐 1년에 두 번씩이나 자리를 옮길 때도 있었다. 땜빵 각하도 아니고.

사실 철새도 이 정도는 아니다.

머슴도 이렇게 부리진 않는다.

밖에선 실권 없는 종이 인형, 안에선 무능한 가장. 시선 어디를 돌려도 안착할 장소가 없는 사람.

그런데도 아버지는 어느새 스스로 이 생활에 젖어든 모양이었다. 낮아지다 못해 바닥까지 뚫고 들어간 자존감을 어찌해야 할까. 무언가를 시작하기도 전에 떠올린다는 것이 겨우 엄마라니.

"엄마가 언제 아버지 신경 썼나요? 하고 싶음 하는 거지."

"하고 싶음…… 한다?"

"언제까지 가라면 가고 오라면 오는 삶을 살 수는 없겠죠. 이제 슬슬 정착해야죠. 아버지만의 것으로."

"너…… 혹시 뭐 들은 거 있니?"

"분사는 공공연한 비밀이잖아요. 신우백화점이 대양가에서 떨어지는 일은 특별할 것도 없어요. 삼촌은 이미 방향성을 정했고, 잔인하지만 거기에 아버지 자리는 없어요. 많은 분들이 그렇겠죠."

"그렇……구나."

또 말없이 소주잔을 홀짝이신다.

내가 할 일은 빈 잔에 술을 따르는 것뿐…… 그게 할 수 있는 다였다.

몇 잔을 더 마셨던가. 아버지가 잔을 내려놓으셨다.

"넌 내가 유통으로 갔으면 좋겠더냐?"

"솔직히 말해 지금부터라도 총력을 기울이셨으면 싶어요. 유통은 아버지 인생에 꺼지지 않을 두 번째 날개가 되어 줄 테니까요."

"정말 그렇게 생각하냐?"

"네."

제가 반드시 그렇게 해 드릴게요.

"알았다. 나 회장까지 감복한 너의 말이라면…… 내 한번 진지하게 고민해 보마."

"아들을 믿고요."

"그래, 내 아들을 믿고. 오냐오냐."

아버지가 오냐오냐 하시는데…….

마음이 흐뭇하고 꽉 찬 듯 즐거웠다.

기분 탓인지. 왠지 오늘 밤은 다른 날의 밤보다 조금은 더 밝은 것 같기도 하고.

달도 없는데 말이다.

◇ ◆ ◇

열흘이 더 흘렀다.

그동안 달리 할 것도 없었던 난 빈둥빈둥 침대 위를 떠나지 않거나 어벤저스들을 데리고 서울 번동이나 잠실, 과천 쪽을 돌아다니며 시간을 때웠다.

모처럼의 여유로운 시간이었다.

노는 건 항상 잘 놀았지만 이렇게 뭔가가 가슴에 꽉 찬 상태에서의 휴식은 참으로 오랜만이라 절로 에너지가 충전되는 느낌이었다.

"딱 좋아."

"뭐가요?"

"요즘."

"만족하시나요?"

"싫을 이유가 없잖아."

"그렇죠."

"다 모였지?"

오늘은 용인으로 방향을 잡았다.

"김하서 출동 준비 마쳤습니다."

"그럼 가자고."

대문을 나서자마자 번쩍번쩍 내 애마가 잔뜩 벼르며 어서 오라 손짓했다.

하제필도 익숙하게 별 인사도 않고 차 문만 열었고 김충수도 살짝 눈인사만 던지고 시동부터 걸었다.

이제 겨우 체제가 잡혀 가는 느낌이다.

김충수, 하제필, 서진명. 김하서.

나의 어벤저스들. 날 지키기 위한 최정예 멤버를 난 어벤저스라 지었다. 좋은 말 놔두고 왜 하필 복수자들이냐고 서 실장이 반항했지만, 그냥 우겼다. 너흰 무조건 어벤저스라고.

그리고 이렇게까지 분위기를 편하게 해 주었다.

"출발합니다."

김충수의 선언과 함께 우리 어벤저스의 애마는 역동적인 엔진음을 발하며 쏘아 나갔다.

서울을 지나 과천을 지나 용인까지 쉼 없이 쏴 버렸고 목적지인 대양농원에서 멈췄다.

대양농원에 간 우린 일체 다른 일은 하지 않고 놀이기구를 타고 핫도그나 먹고 동물을 구경하며 즐거운 한때를 보냈다. 돌아오며 수원 왕갈비도 맛보고.

이게 열흘 전부터의 내 하루 일과다.

"내일은 오데로 갈까?"

"송추는 어떻겠습니까?"

"송추? 계곡? 오오오, 좋지. 거기 계곡에서 백숙 깔아 놓고 한바탕 노는 것도 괜찮겠어. 좋았어. 내일은 거기로 간다."

날도 더워져 딱 좋았다.

계곡 차가운 물에 발 담그고 닭다리를 뜯으면 그것도 낙원
이다.

하지만 돌아온 집 거실엔 시커먼 양복을 입은 비서실장이
날 반겼다.

불안함을 느낄 새도 없이 다짜고짜 차를 태워 어디론가 향
했다.

그러곤 차 안에서 던진 말이 이랬다.

"같이 가셔야겠습니다."

"같이 가고 있잖아요."

"이번엔 다른 곳입니다."

"……호출이 아니었나요?"

"호출은 맞으나 이번엔 좀 성격이 다릅니다."

"……."

"일주일 전, 회장님께서 선영 최 회장님을 만나셨습니다."

"……."

"오늘 최후통첩의 자리를 함께하셨으면 좋겠다는 말씀이
있으셨습니다."

Chapter 17. 노괴물과의 만남

최후통첩이란다.

선영과의 일이라면 통신인데.

직감적으로 일이 잘 풀리지 않았음을 깨달았다. 제안을 보기 좋게 거절당했다는 것.

AS를 받고 움직였으니 작은 준비는 아니었을 거라 예상되지만, 결론은 결렬이었다.

"……."

지금으로선 이것이 일방적인 거절인지 협상 중 틀어진 건지는 확실히 재단할 수 없었다. 다만 내 감이 왠지 일방적인 거절 쪽으로 간다는 게 문젠데.

진짜 일방적인 거절이라면, 내가 간다 해도 별 뾰족한 수가 없었다.

"조금 더 구체적으로 말씀해 주세요. 뭐라도 있어야 판단할 거 아닙니까?"

"저도 더는 알지 못합니다. 일주일 전, 두 분이서만 자리하였고 분위기상 틀어진 것만 짐작합니다. 그리고 오늘 시간 맞춰 모셔 오라는 전갈만 받았습니다."

"뉘앙스나 이런 것들이라도 괜찮아요. 지금으로선 전 아무 준비도 되지 않은 상태입니다. 사소한 거라도 괜찮으니 알려 주세요. 최소한 왜 가는지에 대한 건 알아야 하지 않겠습니까?"

"충분히 이해합니다만, 저 또한 아는 게 없어 답답할 뿐입니다. 최후통첩이란 말씀도 오늘 점심나절에 들은 겁니다."

"······그렇군요."

전혀 모르는 눈치였다. 답답했다. 비서실장도 캐치 못 하는 분위기라니.

이 상황을 어떻게 판단해야 할지도 모르겠고 그렇다고 여기서 그를 더 붙잡는 것도 괜히 애먼 사람 갈구는 것밖에 되지 않았다.

포기한 나는 하릴없이 창밖만 응시해야 했다.

자동차는 이내 침묵으로 접어들었고 한강을 건너 푸른 지붕을 지나 꽤 높은 기슭까지 들어가고서야 멈췄다.

그곳엔 거대한 기와집이 한 채 서 있었다.

'삼청당?'

삼청당이었다. 둘레 벽은 물론 서까래 하나하나까지 다 살아 있는 으리으리한 기와집.

이걸 보는 순간 솔직히 움찔했다.

'내가 여길 다시 오게 되다니.'

2002년도인가. 월드컵 때문에 온 나라가 들썩일 때 난 이곳에서 내 인생을 통째로 들어낼 뻔하였다.

잘 먹고 잘 놀다 어떤 놈이랑 시비 붙었는데 술김에 신나게 패고 났더니 전직 대통령 아들이란다.

그때 쫓겨나 3년간 한국에 들어오지 못했다.

'여전하네. 아니, 이때의 삼청당은 나도 처음이구나.'

비서실장의 안내에 따라 내부를 걸었다.

건물 곳곳에 촘촘히 연결된 등이 길을 밝혔는데 밤임에도 대낮같이 환했다.

덕분에 난 여기저기 둘러보며 추억 좀 돌았다.

'둘레 벽을 따라 심어 놓은 소나무도 그대로네. 디딤돌 주변으로 깔린 잔디도 참으로 정갈해. 건물들도 보기 좋고……여기도 나중엔 결혼식장으로 바뀌었다고 들었는데. 아직까진 위세가 대단해.'

여길 봐도 운치 있고 저길 봐도 고즈넉함이 묻어난다.

참으로 좋은 터에 참으로 좋은 분위기였다.

하지만 대한민국 근현대사와 함께 걸어온 이곳도 세월의 풍파는 면할 수 없었는지 업종 변경을 했다는 소식을 듣고 얼마나 통쾌하게 웃었는지 모르겠다.

'반요정집 주제에 괜히 주눅 들게 하였지. 지들이 뭐라고.'

당상관 이하는 밥 먹는 것조차 황송하게 만들던 곳이 바로 여기였다.

기업도 회장급 아니면 예약을 받지 않고 정부도 고위 요인이 아니면 철퇴부터 맞는다. 정치권도 마찬가지였다. 총재와 총무급이 아니라면 감히 명함도 내밀지 못했다.

그런 곳이 결혼식장이라니. 세월 무상이라.

물론 지금은 잘못 나댔다간 집안 뿌리까지 흔들리게 할 수 있는 무서운 곳이었다.

조심 또 조심. 저들도 조심하지만 나는 더더욱 조심해야 한다.

"어서 오시지요. 기다리고 계십니다."

뒤뜰에 도착하니 쪽 머리에 한복을 곱게 차려입은 아주머니가 한쪽에서 나를 반겼다.

후덕까진 아니지만 풍성하고 아직도 상당한 미모를 유지하는 아주머니다.

웃고 있다고 우습게 보면 안 되는 아주머니이기도 하고.

삼청당 당주. 시대를 맨몸으로 맞은 여걸.

당장 전화 한 통에 경찰청장까지 달려오게 만들 수 있는 숨은 실력자다.

나도 살짝 정중한 인사를 건네니 더 환한 미소로 맞이한다.

이 미소가 이 아줌마의 특기였다.

"어서 오세요. 이렇게 젊은 분이 오실지 몰랐네요. 호호호호, 저를 따라오시겠어요?"

"안내해 주시면 감사드리겠습니다."

"어머머, 목소리도 좋으셔라. 물론이죠. 제가 기꺼이 안내해 드리죠."

나에게 호기심이 생겼던지 본래 대기하던 젊은 여자를 물리고 자신이 직접 어디론가 날 데려갔다. 비서실장은 아까 거기가 끝이다. 선영의 인물로 보이는 몇몇들과 거기서 끝날 때까지 대기탈 것이다.

당주인 그녀가 날 데리고 간 곳은 본관에서도 조금 떨어진 유하헌이라는 작은 기와집이었다.

"잠시 기다려 주세요."

"네."

몇 가지 격식이 지나간 후 돌아온 당주는 나를 들어가라고 하였고 의미 모를 미소만 지으며 사라졌다.

한발 들어섰더니 삼촌이 나를 먼저 반겼다.

"어서 오거라. 이 녀석이 바로 제 자준입니다."

"자준이라…… 이거 놀랍군. 나 회장이 아끼는 꾀주머니가 이렇게 젊었소?"

"실은 제 조카입니다. 어서 인사드리거라. 최 회장님이시다."

"처음 뵙겠습니다. 오대길입니다."

정중하게 허리를 굽히자.

"성이 오 씨라면 동화의 그 사람 자제로군. 자자, 어서 앉게. 나 최일세."

"감사합니다. 만나 뵙게 되어 영광입니다."

간단히 인사하고 자리에 앉았는데 난 이때까지만 해도 내가 동물원 원숭이가 될 줄은 꿈에도 몰랐다.

"허어, 아무리 봐도 모르겠단 말이야. 내가 사람 좀 볼 줄 아는데 전혀 보이지 않아. 나 회장, 진정 그 고약한 꾀가 이 녀석에게서 나온 거란 말이오?"

"여부가 있겠습니까? 일가를 통째로 뒤집고 제게서 100억이나 훔쳐 간 놈입니다. 어리다고 얕봤다간 최 회장님도 크게 맞으실 겁니다. 하하하하하."

"그래요?"

"제가 이놈에게 뒤통수 맞고 사흘 밤낮을 웃었습니다. 그렇게 통쾌할 수가 없었죠. 어떻게 그 맛이 궁금하십니까?"

"허어…… 나 회장이 흰소리할 사람도 아니고 도무지 이해할 수가 없구만. 수양대군을 왕좌로 올린 자준도 이 나이 때는 놀기 바빴는데."

"불가사의한 놈이지요. 어미 품에서 어리광 부려도 모자랄

판에 제 앞에 당당히 섰습니다. 보십시오. 지금도 빳빳하지
않습니까?"

"크음…… 당돌한 맛은 있군."

"……."

"……."

"……."

이렇게 앉은 사람 민망하게 두 사람이 날 계속 관찰하며 품
평회를 열었다.

"그래, 대길이라고 했는가?"

그래도 잘 통과됐는지 최 회장이 호기심을 보였다.

"네."

"자네 나이가 몇인가?"

"올해 스물입니다."

"스물?!"

"태훈이가 스물여덟이죠? 올해 결혼한다고 들었는데 기쁘
시겠습니다."

"크음……."

연속 침음성을 흘린 최 회장 때문에라도 대화가 잠시 멈춰
야 했다.

그럼에도 삼촌은 뭐가 즐거운지 내내 싱글벙글했고 최후
통첩이라는 단어만 듣고 온 나로서는 이 화기애애한 분위기
가 납득되지 않아 일단 얌전을 떨었다.

대신 나도 최 회장만은 유심히 살피길 게을리하지 않았다.

최종국.

재계서열 5위의 선영그룹 회장.

본래 선영은 그가 일군 기업이 아니었다. 그의 형이 교복과 공테이프, 섬유로 기반을 닦으며 가족기업이 되었는데 형이 요절하는 바람에 그의 어린 아들들을 대신해 회장 자리에 오른 자였다.

결과적으로 선영으로선 그게 신의 한 수가 된 셈이다.

정경유착이야말로 진리인 시기에 최종국의 탁월한 정치 감각은 선영의 빛이 되었고 그는 결국 현재도 그렇고 앞으로도 그룹의 큰 줄기가 될 대한석유공사를 한입에 삼켜 버리는 위업을 달성하였으니까.

당시 이 사건으로 재계가 떠들썩했다.

서열 10가 단숨에 5위까지 치솟았으니.

머지않아 한국이동통신까지 삼키게 되면 선영은 부동의 3위가 된다.

'자기가 만든 길이 아닌 국가가 깔아 놓은 길을 꿀꺽 삼켜 승승장구한다고 무시할 순 없지. 이 시대에 자기 사업체만으로 정점을 찍은 이가 어디 있어? 대양과 현수 말고.'

아무리 폄하해도 2세대 기업주였다.

엄청난 인맥까지 판단해 본다면 사실 갓 회장에 오른 삼촌이 어떻게 해볼 상대는 아니었다. 우리 할아버지나 현수의 왕 회장 님이 아니고서는 그는 양보받기 힘든 사람이었다.

이미 스스로도 정점에 오른 사람.

대략 진단이 나오자 나도 조금은 적응됐다.

'결국 최후통첩이라는 것도 마지막 메시지에 불과하다는 얘기군. 그렇다면 삼촌은 왜 나를 이곳에 부른 걸까?'

애초 협상은 없었다.

그렇다고 치고받으려 모인 자리도 아니었다.

재계 1위와 5위라지만 개편 중인 대양과 이미 공고한 선영 이었다. 그리고 결정적으로 전력상 그리 큰 차이가 나지 않았 다.

싸워 봤자 남는 것도 없고 상처만 커진다.

더구나 상대는 보통 사람까지 뒤에 뒀다.

'확실히 보통 일이 아니야. 내가 자극하지 않았다면 삼촌도 결코 나서지 않았을 상대…… 집중해라. 오대길. 상대는 70 년대 한국 정치를 온몸으로 겪은 괴물이야. 꼬리를 아홉 개나 숨긴 노괴물.'

여기까지 진도를 빼자 이상하게도 내 할 일이 보이기 시작 했다. 동시에 위기감도 닥쳤다.

'그렇군. 그런 거였어. 이거 잘못하다간 엿 되게 생겼는데.'

지금 삼촌은 입이 필요한 거였다.

자신을 대신할 입. 거부감을 최소화시킬 입.

겨우 스무 살짜리가 떠든 것에 발끈해 전쟁을 걸어온다면 시대를 걸어온 폼생폼사 회장님 명성에 독이 된다. 비록 이 자리에 삼촌이 있다 하더라도 그가 말한 것과 내가 말한 것은 천지 차이. 말마따나 분위기를 보다 안 되겠다 싶으면 자기가 나서서 나를 나무랄 수도 있는 게 아니겠는가.

스윽 삼촌을 봤다. 역시나 은근한 눈길을 던진다.

'씨벌, 잘못 걸렸다.'

이건 AS 수준이 아니라 일을 대신 해 주는 거잖아.

나도 모르게 한숨이 터졌다.

"하아아아아~."

"으응?"

"뭐……?"

지금 뭐 하는 거냐고 두 사람이 모두 눈으로 묻는다.

나도 지금 나 때문에 돌아 버릴 것 같았다.

내가 지금 뭘 한 거지?

이 자리가 어떤 자린데.

그냥 막 뛰쳐나가고 싶었다.

어디 북한산에라도 올라…….

내가 지금 무슨 소릴 하는 건지…….

이 와중에도 한 가지만은 명료했다.

여기에서 당황했다간 진짜 엿 됨을.

"……제가 이 자리에 있는 게 맞는 건지 모르겠습니다."

"그게 무슨 말이지?"

"국가의 미래를 걱정하는 자리인 거로 보이는데 어린 제가 괜히 분위기를 흐리는 것 같아 송구스럽습니다."

"어, 허허허허, 이거 손님을 앉혀 놓고 생각이 많아졌나 보군. 내 실수네. 이해해 주게."

"아닙니다. 그 때문이 아니라 오늘 좀 울적하여 할아버지 묘소에 다녀오는 길이었습니다. 뵙고 싶기도 하고 조용히 돌아보고 왔는데 여기도 영문도 모르겠고……."

"용인에 갔다 왔더냐?"

삼촌이 모르는 척 끼어들었다.

"네, 간 김에 농원도 한번 둘러보고 왔습니다."

"잘했구나. 조상께 잘해야지 네가 복을 받지. 그래, 농원은 어땠지? 마음에 들었어?"

"손볼 곳이 많았습니다. 이대론 안 되겠단 생각밖에 안 들더군요."

"농원이?"

"네, 아직 한참 멀었습니다."

"멀었다고? 왜 그런 거지? 거긴 지금 대한민국 최고라 손꼽는 데가 아니더냐."

"이 땅에 만족한다면 그렇겠죠. 하지만 삼촌은 세계로 나가야 하는데 거기 어디에도 세계로 뻗어 나갈 의지는 보이지 않았습니다. 구석구석 온통 구색 맞추기에 급급하더군요.

형식은 대체 어디에서 베꼈는지 중구난방이고 그 넓은 터를 이렇게 활용할 수밖에 없나 저로선 실로 참담했습니다."

"뭐, 참담해?! 허, 허, 허허허허허, 이것 참. 최 회장님, 이 녀석이 이렇습니다. 도무지 무서운 게 없어요."

순식간에 날 겁대가리 없는 놈으로 만들어 버린 삼촌이었다. 즉, 이제부터 내 멋대로 해 보라고 멍석을 깐 거다.

그걸 아는지 모르는지 최 회장은 고개만 끄덕였다.

내가 본 그는 담대했고 견고한 성을 보는 듯 굳건했다. 창으로 찔러 봤자 되레 튕겨 나올 것 같은 단단함만 느껴졌다.

살짝 위기감이 들었다. 잘못 나섰다간 있는 내공마저 쪽 빨려 미이라가 될 것 같은 요상한 흉험함까지 섞여 있고, 무엇을 원하는지 틈조차 보이지 않았다.

이대로는 안 될 것 같았다. 뭐라도 안 된다면 나도 위험한 패를 던져야 했다.

"죄송합니다. 밉게 보지 않으시겠다면 일어나고 싶습니다."

"으응? 일어나겠다고?"

살짝 의외의 빛이 나온다.

하긴 이 자리를 어떻게든 끼고 싶어 하는 사람은 봤어도 저 스스로 나가겠다고 하는 사람은 못 봤을 것이다.

나는 거기에 돌을 하나 더 얹었다.

"가뜩이나 동물원을 구경하고 왔는데 거기 있던 원숭이와 제가 지금 구분이 안 가 그렇습니다."

"허허허, 자존심 상하더냐?"

"이런 말씀까지 드려도 될는지 모르겠는데 답답해서 그렇습니다."

"답답하다고?"

"대충 뭔 일 때문인지는 분위기상 알 것 같은데 별것도 아닌 자리에 제가 꼭 와야 하는지 모르겠다는 말씀입니다."

"별것도 아닌 일이라고? 이 일이?!"

최 회장의 눈길에 살짝 노기가 들었다.

움직인다. 드디어 움직이기 시작한다.

더 당돌하게 대답해 줬다.

"별것 아닌 일이 맞죠."

"허허허허허, 아가야. 너의 재주가 제법 비범하다는 얘긴 들었다. 하지만……."

으름장이다. 되지도 않을 으름장.

움직이는 순간 넌 끝났어, 씨발아.

나 백 년에 하나 난다는 개망나니야.

그냥 끊어 준다.

"하지만 별것이 아닌 건 맞죠."

"뭐……라고?"

"저라면 10년 안에 만들 수 있습니다. 그런 기업쯤."

"시입년?!"

언성이 높아진다.

"홍어 뭐만 한 땅덩이에서 못 할 게 뭐가 있겠습니까? 제 뒤엔 삼촌이 있는데."

"네 삼촌을 믿고 지금 방자하……."

"저는 분명 뒤라고 말씀드렸습니다."

"뭐라? 그럼 순전히 네 힘으로 할 수 있다는 말이냐?"

"오래 걸릴 필요도 없습니다. 3년 안에 가시권을 뽑고 5년 안에 궤도에 오르게 할 수 있습니다. 사실 10년은 변수를 가정한 여유분일 뿐이죠. 혹시나 누가 태클 걸어올 때를 대비한."

"……."

말은 안 하지만 이미 열이 머리끝까지 뻗친 게 보였다. 들어올 때부터 피부가 불그스름한 게 술 좀 빨고 혈압 좀 높을 줄 알았는데 생각보다 훨씬 화급하다.

마음에 맞지 않으면 금세 폭발해 멱살부터 틀어쥐는 성격이던가. 그만큼 화끈하면서도 후환도 파격적이라 사실 피하는 게 이성적으로는 상책이나 나도 이미 선을 넘은 상태.

그리고 본론은 이제부터였다.

"얘기 나온 김에 별것 아닌 사업에 대해 제 소견 좀 말씀드려도 되겠습니까?"

"……."

"두 분 다 이러시지 마시고 좀 시원하게 가 보시는 건 어떻겠습니까?"

"……."

"묵묵부답이신 걸 보니 허락하시는 거로 알겠습니다. 계속
떠들어도 되지요?"

"……."

"회장님 피부색이 무척 붉군요. 인내심이 짧으신 것 같으
니 길게 끌지 않고 단도직입적으로 말씀드리겠습니다. 그거
혼자선 절대 다 못 먹습니다."

"……뭐라?"

"여기서 삼촌의 손을 거절하시면 저흰 이 사업에서 완전히
손 뗄 겁니다."

"손 뗀다고? 혹 뒤에서 공작이라도 하겠다는 말이냐?"

"웬걸요. 정말 완전히 손 뗄 겁니다. 보통 사람 임기 때까
지만."

"그럼……!"

Chapter 18. 후회는 이제 그만

최 회장의 눈이 커졌다.

부들부들 꽉 쥔 주먹에서 힘줄이 팍 돋았다.

더 건드렸다간 옥수수부터 털릴 것 같다.

그러나 나는 이미 그의 복부에 주먹을 꽂은 상태다. 재빨리 위빙하지 않으면 날아온 혹에 관자놀이가 털린다.

"뭘 그렇게 놀라십니까? 설마 보통 사람이 영원히 집권할 거라 믿고 계신 건 아니시죠?"

"이놈……."

"좋은 선택이었습니다. 보통 사람과 손을 맞잡은 것은. 결국 대통령까지 되었으니 선영엔 장밋빛 미래만 남은 것이죠.

헌데 말입니다. 뒤는 누가 대통령이 될 것 같습니까? 아직 삼김이 살아 있는데 말이죠."

뿌드득.

이까지 간다. 삼촌이 아니었다면 난 진즉 멱살 잡혀 끌려나갔을 것 같다.

"제가 보기에 특별한 일이 없는 한 삼김 중 둘이 대통령을 할 것 같은데, 특히나 갱상도 남자가 뒤통수 때린 보통 사람의 비호를 온몸으로 받은 선영을 어떻게 바라볼지 궁금하지 않으십니까?"

"이놈~."

"그때부터가 전쟁이죠. 그거 아시죠? 지미 카터에서 로널드 레이건으로 정권이 바뀔 때 워싱턴 일자리가 일만 개 바뀐거. 이번에 조지 부시가 유력하다고 하던데 일자리가 또 얼마나 바뀔지 상상도 안 갑니다. 거기도 만만찮은 골통이라고 하던데. 또 어디서 전쟁이라도 안 일으킬지."

네가 걸프전을 알아?

"너…… 지금 협박이더냐?"

"협상이죠. 삼촌이 회장님을 찾아왔다는 건 절대로 하겠다는 의지입니다. 즉 같이 가지 않는 이상 무조건 전쟁이라는 뜻이죠. 제가 원한 게 아닙니다. 근데 반도체를 보면 아시겠지만, 대양 나 씨 고집이 누가 방해한다고 해서 물러설 뼈대가 아니라는 거죠."

"이……."

"그리고 자꾸 대양만 보시는데 몇 년 안 가 그룹이란 그룹들에서 모두 눈독 들일 거란 건 잘 아실 거 아닙니까? 유공까진 어떻게 넘어갔어도 제가 아는 최 회장님이시라면 통신까지 그러지 않을 거란 건 잘 아시리라 봅니다. 설마 이것도 제가 틀렸다고 보십니까?"

"……."

"……."

"……."

"……."

있는 자리에서 시바스 리갈 두 병을 원샷한 것 같은 얼굴임에도 그는 결코 일어나지 않고 버텼다.

그리고 결국 시인했다.

어떻게 보면 대단한 위인이다. 대가리에 피도 안 마른 것 같은 나의 공격에도 인내하고.

"……아니다. 그럴 리가 없겠지. 이게 돈 되는 걸 아는 순간 하이에나처럼 달려들 거야."

동시에 점점 붉은 기운이 줄어들었다.

그도 이성을 찾아가는 증거였다.

"그러니까요. 그때는 늦겠죠. 물론 지금이라도 당장 인수하고픈 걸 압니다. 그리고 나랏돈으로 기반 시설이 다 갖춰졌을 때 삼키고픈 마음도 알고요. 근데 지금 보십시오. 벌써 대양이 끼어들었습니다. 내년엔 내후년엔 어떨까요?"

"너는…… 아니, 됐다. 넌 내가 어떻게 했으면 좋겠다는 거냐? 본론을 말해라."

"대양으로 물타기 하시죠."

"대양으로 물타기?"

"선영과 대양이 얽혀 있다면 누구도 섣불리 못 건들겠죠. 물론 그 전에 해 주셔야 할 게 있습니다만."

"뭐냐?"

"대양과 손잡는다는 전제긴 하나 사돈께 질러 주시면 좋겠습니다. 전국 통신망을 구축하겠다고."

"전국 통신망?! 그건 지금 당장 인수하라는 얘기가……."

"그러니까요. 못해도 몇 년 걸릴 대사업을 선영 혼자서 되겠습니까? 여기저기 기름칠할 데도 여간하지 않을 텐데."

"그걸 대양이 해 주겠다는 거냐?"

"에이, 그렇게 나오시면 안 되시죠. 같이 해야죠. 선영·대양. 컨소시엄을 구성해서 다른 기업들의 입이 쑥 들어가게 해야 이 일이 성사됩니다."

"하지만 네 말엔 허점이 있다."

"뭔가요?"

"그렇다 해도 독점이 아니더냐. 컨소시엄이라도 하나의 회사이니 다른 놈들이 트집 잡을 거다. 독점법은 큰 걸림돌이다."

"걸림돌이죠. 그러니까 기간망을 우리가 구축해야 한다는 겁니다. 해 놓으면 우리 재산이잖아요. 만일 이걸 나라가 세우게 된다면 통신사업을 먹어도 우리에겐 명분이 없습니다. 근데 우리가 세우게 되면…… 기대되지 않습니까? 앞으로 이 대한민국에서 삐삐 한 통 치려면 누구의 허락을 받아야 할 지."

"오호라! 정말 그렇구나. 통신사업은 독점 못 해도 통신망 독점은 되는구나. 그렇구나. 그런 거였어."

무릎을 탁 친 최 회장이 바로 진단에 들어갔다. 이것저것 손익 따지고 머리가 바쁘게 돌아갈 것이다.

다 보인다. 아무리 비비 꼬고 돌아가도 결국 그 끝엔 갈림 길이 나옴을.

대양과 함께 가는 길. 지 혼자 다 먹는 길.

역시나 눈빛이 퍼레지며 입맛을 다신다.

아까운 거다. 지 혼자 다 먹는 게 마음에 드는 거다. 나에게서 아이디어만 먹튀하고픈 거다.

하지만 삼촌 때문인지 그 정도 양아치는 아닌지 물어 오긴 했다.

"이해가 안 되는군. 너는 그런 걸 막 얘기해 줘도 되는 거냐? 지금 네가 던진 돌은 향후 대한민국 통신업을 좌지우지할 큰 맥이었다."

"저를 과소평가하지 마시라는 뜻으로 드린 겁니다. 자, 지금도 제가 어려 보이십니까?"

"아니다. 아니다. 넌 어리지 않다."

그의 인정과 동시에 DGO 인베스트 명함을 손에 건넸다.

"DGO 인베스트?"

"제가 세운 회사입니다. 오대길 투자라고."

"오오, 그렇군."

"설립된 지 얼마 안 됐지만, 경력이 제법 거창합니다. 자그마치 대양의 컨설팅을 해냈거든요. 사실 방금 드린 것만 금액으로 환산하면 50억 원 정도 될 겁니다. 인정하십니까?"

"……인정한다. 그보다 더 큰 금액을 주고서라도 반드시 얻어야 할 아이디어였다."

"역시 화통하시군요. 그렇다면 그런 것도 턱턱 드린 제게 다른 보따리가 하나 더 있을 수 있음도 인정해 주시겠군요."

"더 알아야 할 게 있다는 거냐?"

"모두의 이해를 받기 위해 반드시 가져야 할 조건이 하나 남았죠."

"그것이 무엇이냐?"

"어, 이러시면 안 됩니다. 전 방금 제 명함을 드렸습니다."

명함과 내 얼굴을 번갈아 보더니 무릎을 또 탁 쳤다.

"이제 보니 자준의 뺨을 올릴 친구로구만. 그래 얼마를 드리면 되겠소?"

말투도 훨씬 부드러워졌다.

"대양과 컨소시엄을 형성하는 즉시 제게는 50억 원을 주십시오. 이는 대양도 마찬가지입니다."

"대양도? 허허허, 허허허허."

"거 보십시오. 최 회장님. 얘가 이런 놈입니다. 어느새 정신 차려 보면 여기까지 와 있죠. 근데 기분은 별로 안 나쁩니다."

"이거 놀랍구만. 내 살면서 이렇게 당황스러운 적은 또 없었소."

"어떻게 뒤통수 한번 같이 맞으시겠습니까?"

"잠시, 잠시만…… 나 회장. 나에게 일주일만 시간을 주소. 이거 늙은이 심장이 떨려서 도무지 버틸 수가 없소."

"그러신가요? 아무렴요. 그러시다면 그래야겠죠. 괜찮으시면 먼저 연락 주시겠습니까?"

"오래 기다리게 하진 않을 게요."

"알겠습니다. 기다리죠."

둘 사이 얘기가 얼추 끝난 것 같아 나도 살짝 MSG를 뿌렸다.

"대업이 성사되는 순간 저도 선영에 선물을 하나 드리죠."

"선물?"

"회장님 대에선 모르겠지만 적어도 다음 대에서는 세계를 바라보게 해 드릴 겁니다. 저와 함께하는 한 DGO 인베스트는 늘 고객님들의 발전에 이바지하고 싶거든요."

"뭐라? 으허, 으하하하하하~."

"하하하하하하~."

◇　◆　◇

돌아가는 차량.

출발하자마자 삼촌이 어깨부터 툭 쳤다.

"위험했다. 이 녀석아, 그렇게 막 들이대면 어떡하냐. 막무가내도 다 사람을 보고 했어야지."

"그렇긴 한데…… 무슨 말이든 해 보라고 눈에 힘주고 딱 버티는데 방법이 없었어요. 이리저리 흔드는 수밖에."

"그래도 조심하거라. 오늘은 어째 넘어가기는 했어도 최 회장은 만만찮은 사람이다."

"저도 이번에 충분히 느꼈어요. 조심할게요."

핀잔 아닌 칭찬 아닌 핀잔이 오갔지만, 여기에서 니가 시켜서 그런 거 아니냐는 소릴 했다간 오히려 삼촌과 더 서먹해진다.

아니꼬워도 난 지금 '을'이다.

"근데 넌 최 회장이 어떻게 나올 것 같더냐?"

"어떻게 나올 것 같나요? 헤헤헤."

"어쭈, 실실 쪼개는 거냐?"

"어! 삼촌도 그런 말 쓸 줄 알아요?"

"이 녀석아, 소싯적에 안 놀아 본 사람이 있더냐. 이 삼촌도 보통이 아니었다."

"그래요? 오오~."

"이제 좀 존경스러우냐?"

"그럼요. 앞으로 삼촌을 롤 모델로 삼아야겠는데요."

"뭐야? 그럼 지금까지 롤 모델이 아니었어?"

"네."

"이놈이……."

내 뒷덜미를 잡으러 다가오는 삼촌이었다.

도저히 피할 수 없었던 나는 오히려 정색하며 일을 논했다.

"아마도 최 회장님이 선택할 방안은 별로 없을 겁니다. 남은 기간 자기가 다 먹거나 아님, 최대한 먹을 궁리를 하겠죠."

"큼큼, 그…… 렇겠지."

"기다리시는 건 어때요? 컨소시엄 준비나 하시면서."

"넌 최 회장이 손잡을 거라 생각하는구나."

"욕심이 어설프게 많은 게 아니라 진짜 많으니까요. 제 생각에 첫 이틀은 혼자 먹는 상상에 기뻐할 겁니다. 쭉쭉 뻗어나가는 선영을 그리면서 언젠가 재계서열 부동의 1위를 차지하는 꿈을 꾸겠죠."

"옳거니. 그럼 다음은?"

"아마도 나머지 이틀은 혼자 먹었을 때 나타날 부작용 때문에 골머리를 앓을 겁니다. 대양과 척지고 또 대양이 끌어들일 현수, 금정, 대유, 롯사 등등과 붙어 과연 이겨 낼 수 있을까 말이죠."

"거기까지 읽었어?"

"내 것이 안 된다면 모두가 공평하게 나눠 가지는 것도 한 방법이니까요. 아니에요?"

"그래서?"

"그리고 시간이 갈수록 제가 가진 마지막 패가 너무도 궁금할 겁니다. 도대체 무엇으로 모두의 이해를 가져올 수 있을까 하고요. 단지 그것뿐입니까? 기간망도 선영 혼자선 힘듭니다. 유공이 있다 해도 전국망 확충은 이제 막 자리를 잡기 시작한 선영으로서는 무리죠. 그랬다간 그룹이 뿌리째 흔들릴 겁니다. 근데 또 너~무 혼자 먹고 싶어 죽을 것 같습니다."

"허허허허허, 아주 최 회장을 가지고 노는구나."

"아니에요. 그냥 상식적으로 판단되는 것만 말씀드린 거예요. 그만큼 기간망은 매력적인 포인트니까요."

"하나만 묻자."

"네."

"너 정말 모두를 만족시킬 만한 패가 있어?"

"미리 말씀드리지만, 최소한 뻥카는 아니에요. 그리고

이건 문제시되는 순간 통신업이 완전히 물 건너갈 수 있는 강력한 폭탄이기도 해요. 우리가 못 먹으면 이걸 터트려 다른 놈들도 못 먹게 할 거예요."

"허어…… 참."

기가 차다는 듯 나를 쳐다본다.

긍정의 의미라 나는 별생각 없이 눈을 마주쳐 줬다.

하지만 시선의 의미는 내가 생각하는 것과는 많이 달랐다.

"아무리 생각해도 이상하구나."

"네?"

"네 지난날을 보면 지금의 모습이 도저히 상상이 안 가. 이 토록 치밀한 네가 왜 그렇게 산 거냐? 그렇게 살아야 할 이유 가 있었어?"

"……."

변화에 대한 질문이었다.

올 것이 왔다. 언젠가 한 번쯤 물을 거라 생각했는데, 그날 이 바로 오늘인가 보다.

"궁금하세요?"

"무척 궁금하구나. 왜 그랬어?"

"간단히 말씀드리면 화가 났거든요."

"화?"

"온몸을 불태울 것 같은 화가 치밀었어요. 가능하면 세상 모두를 태우고 싶었고요."

"뭐……가 그리 화난 건데?"

"욕부터 나오는데 아무튼 뭘 어떻게 해도 도무지 들어 주지 않았어요. 어린놈이니 무시나 받고 그럴수록 더 화가 나 날뛰었어요. 또 그럴수록 더 무시당했고요. 완전 악순환이었죠."

"네 뜻이 아니었다는 얘기구나."

"저로선 달리 방법이 없었어요. 소리치고 부수지 않으면 제가 먼저 피 토해 죽을 것 같았거든요. 그러면 또 억울하잖아요. 제가 왜 남 때문에 죽어야 합니까?"

"난 대체 이해가 가지 않는구나. 네 어미가 그렇게 힘들게 했어?"

"세상이 그랬죠. 이렇게 정해 놓고 살라는데 저는 도저히 그게 안 됩니다. 한번 엇나가기 시작하니 모든 게 뒤틀렸어요. 어떻게 손쓸 수도 없었어요. 완전히 엉망이 된 거죠. 그러다 미국에서 눈을 떴는데 이게 뭔가 싶더라고요. 계속 이렇게 살 거냐? 속으로만 품고 살 거냐? 만일 모든 걸 되돌릴 수 있다면 어떻게 하겠냐는 질문이 제게로 왔죠. 그러고 저를 돌아봤죠."

"돌아본 너는 어땠지?"

"백 년에 하나 난다는 개망나니죠. 이게 제 현주소였어요. 저는 이번 총회합을 마지막 기회라고 봤어요. 할머니를 먼저 만난 것도 그 마지막 기회마저 놓치고 싶지 않았던 절박함이었고요. 비록 더럽게 살았지만, 끝까지 더럽게 살고 싶지 않았어요. 저도 제 이름으로 된 무언가를 이루고 싶었거든요. 그게 제 평생의 소원이었어요."

이게 솔직한 내 심정이었다.

전생에서의 삶은 언제나 꼬리였고 누군가의 꼬리였고 누군가가 앞으로 나아갈 때 밀어줄 꼬리였다.

나는 불안함의 척도였고 누군가 안도할 선의 척도였고 망조의 본보기였다.

난 그게 미치도록 싫었다.

언제 한 번 꽃피워 보나? 언제나 감이 떨어질까?

기다려야만 하는 신세를…… 스스로를 죽여 버리고 싶었다.

그러면서도 시원스레 말 한마디 못 하는 등신 머저리. 술이나 퍼마시고 자기 문제를 남에게 전가나 하는 쓰레기.

지겨웠다. 그저 날고 싶었다. 하늘 높이 훨훨.

남들과의 경쟁? 아니다.

그런 건 하나도 필요 없다. 난 그냥 홀로 저 멀리 독야청청 높은 곳으로 날고 싶었을 뿐이다.

아무도 없는 곳까지, 보이지 않을 곳까지, 저 끝까지 자유롭게 말이다.

"최 회장님이 무섭지 않았냐고요? 무서웠죠. 한창 화가 났을 때는 정말 살벌했어요. 근데요. 그래도 전 물러설 수가 없었어요. 왜냐면요. 무서운 것보다 훨씬 더 절박했거든요."

"……."

인생의 대부분을 후회로 쌓은 사람은 보통 이랬다. 시궁창
같은 현실을 욕하면서도 벗어나지 못하고 쩌리로 죽는다. 나
도 그럴 종자였다.

하지만 난 기회를 얻었다. 젊어진 육체에 20년이라는 경험
치. 다시 또 그렇게 살라는 건 다시 또 지옥에 들어가라는 말
과 같았다.

"후회는 한 번으로 족하죠. 전 지금이 좋아요. 만일 다시
돌아가라 하면 돌아볼 것도 없이 그냥 죽어 버릴 겁니다."

"……한이 많았구나."

"이제는 괜찮습니다. 어차피 제가 만든 업이지 않습니까?
제가 풀어야죠."

"그렇지. 내 보기에 넌 충분히 넘어설 수 있다. 그럴 능력
이 있어."

"많이 도와주십시오. 전 아직 도움이 필요해요."

"오냐. 금전적이든 다른 무엇이든 이 삼촌이 너의 뒤에서
지켜보겠다. 마음껏 날아 보거라."

"감사합니다. 열심히 살겠습니다."

Chapter 19. 이거슨 계시인가

집에 도착했더니 밤 열 시 남짓 된 것 같았다.

조금은 지친 몸으로 현관문을 열었더니 의외로 이번엔 아버지가 날 반겼다.

이런 일은 처음이라 살짝 멈칫했는데 은은한 미소로 다가오시더니 나랑 소주 한잔하시고 싶단다.

소주라……

시계를 봐도 적당한 시각.

가뜩이나 만난 이들이 이들인지라 목이 칼칼하긴 했는데 씻겨 주는 것도 나름 잘하는 일이리라.

오케이.

식당으로 향했더니 아버지께서 끓이시겠단다. 세팅도 직접 하시고.

난 그의 등을 물끄러미 보다가 툭 내던졌다.

"오늘 일찍 들어오셨나 보네요."

"칼퇴근했다."

"칼퇴근요?"

"네 말을 곰곰이 생각해 봤다. 그동안 뭐에 씌었던지 내가 안달 낸다고 달라질 게 하나도 없겠더구나. 그래서 칼퇴근하기로 마음먹었다. 직원들도 다 퇴근시켰다. 앞으로도 내가 있는 동안만큼은 그럴 거고."

"그거 좋네요. 그래, 칼퇴근하니 어떠세요?"

"한 이틀은 어색하고 불안하고 그러더니 이제는 괜찮다. 오히려 훨씬 좋아. 개운하고."

"그럼 퇴근하고 어디에 계셨던 거예요? 집에 안 계셨잖아요."

"좀 돌아다녔다. 여기저기……."

"구경하셨어요?"

"글쎄다. 근데 하늘이 참 넓더구나."

하고 창밖을 내다보시는데 순간 심장을 한 대 얻어맞은 기분이 들었다.

"……."

하늘이 참 넓더구나.

하늘이 참 넓더구나.

하늘이 참 넓더구나.

…….

귓속에 계속 맴돌았다.

나는 아무 말도 못 하고 겨우 숨만 죽였다.

아버지는 여전히 등으로 말했다.

"왜 그렇게 살았나 싶었다. 세상이 이렇게 넓은데 좋은 게 이렇게 많은데 가족끼리 놀러 한 번 못 다니고. 어린 너를 제대로 한 번 안아 주지도 못하고."

"……."

"미안하구나. 아버지가 너에게 많이 잘못했다."

"아버지……."

"그렇지 않겠지만 너는 이 아버지처럼은 살지 말거라. 나는 오늘 내 삶을 후회한다. 넌 결코 나 같은 삶을 살아선 안 된다. 알겠지?"

"……네."

"기뻤다. 네가 내 편이 되어 준다고 했던 날. 또 부끄러웠다. 내가 자랑스럽다고 해 줬을 땐."

"……."

다 끓인 라면을 그릇에 덜어 주셨다.

얼굴이 무척 덤덤했다.

소주까지 따라 준 아버지는 맞은편에 앉아 날 보며 웃으셨다.

"나도 앞으로 부끄럽게 살지 않을 생각이다. 도와주겠니?"

"네, 도와 드릴게요."

"그래그래, 아주 든든하구나. 아들이 내 편이라. 하하하하하. 자, 이제 내 편도 있겠다. 진짜 자랑스러운 아버지가 돼 보고 싶은데. 너무 늦지는 않았지?"

"물론이죠. 아버지 일이라면 제가 무조건 편이 될 거예요."

"그래, 참으로 고맙구나."

"아니에요. 가족끼리는 서로 도와야죠. 꼭 도와야죠."

"그래, 가족끼리는 서로 도와야지. 우리 짠 할까?"

"네."

몇 순배를 돌았을까.

빈 잔을 채우는데 아버지가 또 이런 말을 던졌다.

"네 말대로 공부해 봤다."

"네?"

"유통."

"아."

"한국을 살피다 어려워 미국, 일본의 것을 먼저 파 봤다. 그들과 비교해 보니 조금씩 눈에 들어오는 게 있더구나."

"네에. 그렇게 하셨군요. 뭐가 들어왔나요?"

"결론적으로 말해 우리나라엔 굵직한 유통사가 없더구나. 미국과 일본은 엄청난 크기의 유통사가 이미 줄기줄기 뻗어 있던데."

"제대로 보셨네요."

"설사 있다 해도 거의 총판 사업이었다. 네가 설마 총판 사업을 권유한 건 아닌 것 같아 할 수 없이 더 들여다봤다. 그럴수록 바닥이 없음만 깨닫게 되더구나. 실제로 이 대한민국엔 유통 브랜드라 할 수 있는 게 하나도 없었어. 아예 전무야."

"아버지……."

나는 젓가락을 내려놓을 수밖에 없었다.

겨우 한마디에 불과했다.

유통 쪽을 공부하라고.

그런데 아버지는 그 핵심을 덜컥 가지고 왔다.

이걸 기특하다고 표현해야 할지 모르겠지만 지금 느끼는 감정은 기특함이 대부분이었다.

"맞아요. 말씀대로 지금 대한민국은 나이키 코리아 같은 외국 브랜드 뒤에 코리아가 붙은 총판 사업이 거의 다죠. 더 머리 굴려 봤자 해운이나 육운 같은 정도만 떠올릴 거고요. 그럼 아버지는 여기서 대체 뭘 보셨나요?"

"가슴이 뛰더구나. 내 등에 꺼지지 않을 날개를 달아 준다는 네 말이 실감 났어. 하지만 곧 좌절도 했단다."

"네."

"내가 가진 자본으로는 총판 사업도 힘들었다."

"그것도 맞습니다."

지금도 물론이고 나중에 들어서도 유통에 대한 연구는 꾸

준히 진행된다. 수많은 학자가 연구 결과를 내놓고 또 개론을 펼치게 되는데 다 필요 없었다.

사실상 유통의 본질은 이거였다.

돈 놓고 돈 먹기.

돈 대 물건.

물건 대 돈.

물건 대 물건.

총알 센 놈이 무조건 이기는 치킨 게임이다.

아버지가 본…… 그러니까 적어도 한 나라의 유통을 쥐고 흔드는 브랜드가 되려면 최소 조 단위의 자본이 필요했다. 그 것도 지금처럼 경쟁사가 없을 때나 가능한 거고.

"그럼 어떻게 하실 생각이세요?"

"널 주목하기로 했다."

"네? 절 주목하다뇨?"

"나에게 유통을 꺼낸 이유가 있겠지. 아니라면 네 엄마의 백화점이나 보라고 했을 테니까."

"……."

"때를 준비하기로 했다. 종합 유통 브랜드를 위해. 너라면 때가 되는 순간 반드시 일어설 거니까."

팔뚝에 소름이 돋았다. 아버지는 내 생각보다 훨씬 더 명철하신 분이셨다.

"절 믿으시나요?"

"넌 내 아들이다."

"거기에 약간의 조언을 얹어도 될까요?"

"얹어라."

"불황에도 흔들리지 않을 품목을 찾아 주세요."

"불황에도 흔들리지 않을 품목."

"유통이 실생활에 뿌리박히려면 유행은 지양해야겠죠. 그럼에도 일 년 사시사철 끊임없이 찾아와야 할 겁니다. 때론 습관처럼요."

"일 년 사시사철…… 습관처럼…… 알겠다. 내 반드시 결론을 만들어 보마."

"아버질 믿어요."

"날 믿거라. 실망시키지 않으마."

"감사해요. 함께해 주셔서."

감사했다.

아버지가 기운을 차리신 거로도 모자라 함께해 주신단다.

이 얼마 만에 보는 뿌듯한 미소인지.

오늘 밤은 뭘 안 먹어도 배부른 것 같았다.

아버지와 함께하는 밤은 역시나 밝았다.

◇ ◆ ◇

낮에는 놀이공원에서 즐기고 저녁은 잠시 버겁긴 했지만

아버지와 잘 마무리했고, 간만에 만족스러운 날이라 깨끗이
정리하고 침대에 누울 생각이었다. 전화만 오지 않았다면.

"여보세요?"

-어, 나다.

나재호다. 대양가 황태자.

"너는 누군데?"

-이 쉐리, 고새 형님 목소리 잊어버린 거냐?

"왜 인마."

-좀 나와라. 나랑 갈 데가 있다.

"싫어. 나 지금 자려고 누울 판이다."

-아씨, 자면 안 돼. 니가 안 가면 나도 못 간단 말이야.

"뭔데?"

-파티 가자.

"파티? 넌 지금 시간이 몇 시인지는 아냐? 아니, 이 시간에
나가는 걸 외숙모가 허락했다고?"

-진짜야. 너랑 간다고 하니까 허락해 주셨어.

"정말? 전화해 봐도 되냐?"

-전화해. 바꿔 줄까?

"이상하네. 원래 니 엄마 나 개망나니라 싫어하지 않았냐?"

-지금도 싫어해.

"근데 왜?"

-아버지가 감싸고돌잖아. 니가 뭐 하는지 잘 봐 두란다.

"오호호호, 그래? 그럼 파티는 누가 주재하는데. 설마 그 새끼는 아니겠지?"

-어, 아니고. 태훈이 형이 곧 결혼한다고 애들 모았어. 지금쯤 도착하고 있을 거야.

이 세계에서 태훈이라는 이름을 쓰는 이는 하나밖에 없었다.

최태훈.

얼마 안 가 보통 사람의 사위가 될 사람.

"총각파티라도 하자는 거냐?"

-그건 모르고 모여서 한잔하자는 얘긴 들었어. 빨리 나와.

"근데 나도 부른 거 맞냐? 이상한데."

그 양반이랑 나랑은 평소 일면식도 없는 사이다.

역시나 대답도 그랬다.

-아니, 너 안 불렀어.

"씨바야. 초대도 안 했는데 데리고 가려고? 나 망신 주려는 거냐?"

-대신 친구 하나씩 데려와도 된댔어. 아무렴 내가 혼자 가야 하는 데를 널 데려가겠냐?

"근데 나 꼭 가야 되냐? 나 지금 딱 좋은 상탠데. 침대에 누우면 아주 좋을 것 같은데."

-야! 니가 안 나오면 나도 못 가잖아. 씨발아, 너 진짜 이럴 거야?!

하긴 간만의 나들이일 수도 있었다.

늘 엄마의 시선 안에서만 놀아야 하는 녀석이 지금 이 순간 얼마나 들떴을지는 보지 않아도 알았다.

여기에 재를 뿌리는 건 싸우자는 거고.

-너 잔말 말고 당장 나와. 10분이면 도착한다. 문 앞에 딱 대기해. 안 그랬다간 뒈질 줄 알아.

"알았어. 알았어. 일단 대기. 허락 아니다. 대기다."

-알았어. 씨발아.

이것 참…….

우연인지 운명인지 내 명료한 이성으로도 지금의 통화는 잘 이해 가지 않는 일이었다.

두 시간 전까지만 해도 난 최태훈의 아버지 최종국을 만났다. 그리고 또 같은 날에 아들까지 만나기 직전이다.

이걸 어떻게 해석해야 할까? 부자가 벌써 노닥거리진 않았을 테고.

운명의 교착점인가?

'좀 더 깊게 얽히라는 거야? 선영이랑 나랑? 대체 뭐로? 선영은 유공이랑 텔레콤 빼고는 볼 게 없는 회산데.'

이리저리 굴려 봐도 눈에 보이는 건 유공 하난데.

그렇다면 유공을 조지라는 건가.

'유공이라…… 유공이라…….'

사실 유공에 관해서도 할 말이 많았으나 이미 끝난 사태라 접어 두고 있던 터였다.

아니, 전 주식을 이미 선영이 싹 가져갔는데 어디에 이빨을 박을까?

아무튼 요주의한 일이었다.

"가 보긴 가 봐야겠네. 무슨 일이 벌어질지 나도 좀 알아야겠어. 거기에 따라 행보를 정하는 것도 괜찮겠지. 최태훈이라. 최태훈이라……."

마음을 굳혔다.

오는 떡 마다하는 내가 아니니라.

자진해서 오겠다는데 굳이 막을 필요 없다.

"패션은 어떻게 해?"

-기본으로 와. 모자라면 내가 알아서 할게.

"알았어."

집에 있는 거로 대충 걸치고 나갔더니 정말 5분도 안 돼 나재호가 왔다.

싸가지 없는 자식이 뒤 창문만 빼꼼히 열고는 어서 타란다.

군말 없이 타 줬다.

우리 두 사람이 티격태격하든 말든 차량은 곧장 워커힐로 향했다.

한참을 가니 대양의 백제 호텔과 더불어 대한민국 최고라 불리는 워커힐이 나타났다.

듣기로 6.25에 참전했다가 죽은 미군 장성의 이름을 땄다고 하던데 아차산 비탈에 위치한 이 호텔도 원래는 한신그룹이 잠정 가져가기로 한 걸 군부 정권과 그 실제들이 선영에 밀어 줌으로써 선영의 것이 됐다.

그러고 보면 선영일가는 운이 참 비상한 케이스였다.

업계로 첫발을 뗀 선영직물도 일본인이 광복과 함께 물러 가며 초대 창업주에게 물려준 것이 그 시작이었고, 그사이에 무슨 일이 있었는지는 굳이 밝히지 않겠다만 어쨌든 초대 창 업주가 적산불하까지 얻어 내며 엄청난 부를 이루었다.

그러나 절정은 군부 시절이었다. 평소 선을 대고 친하게 지내던 연줄이 공을 세우며 고속 승진하자 선영의 줄도 대통 령에까지 닿았고.

당시 자금경색으로 한창 힘들 때인 선영에 대통령이 슬그 머니 한번 방문하자 서로 나서서 도와주며 다 해결시켰다. 막 대한 금적 지원과 일감 몰아주기 혜택은 덤이었고.

60, 70년대를 이런 식으로 거의 종횡무진하다시피 먹어 치 웠다.

군부와 기업의 커넥션이 이런 거였다.

눈에 보이지도 않던 지방 기업을 한순간에 대기업으로 만 들고

재계 부동의 1위를 지향할 우리 대양과도 맞먹을 정도까지 끌어올린다.

'유공만 아니었어도 선영은 아무것도 아닌 건데…… 하여 튼 보통 사람이 문제야. 그놈이 제일 문제야. 문제.'

1980년 12월.

상식적으로 말도 안 되는 일이 하나 벌어진다.

선영이 대한석유공사 지분 50%를 인수한다는 발표였다.

재계가 발칵 뒤집혔다.

선영이 대한석유공사를?

대한석유공사가 선영을이 아니고?

당시 대한석유공사는 매출 규모만 선영의 세 배나 되는 회사였다. 그 자산은 또 얼말까?

상식적으로 M&A가 될 수 없는 규모였다.

그러나 5년 뒤 선영은 보란 듯이 나머지 지분 50%까지 꿀꺽하며 명실상부 완벽한 주인이 되는 모습까지 보였다.

대체 무슨 돈으로?

근대사 불가사의도 아니고.

그 어려운 걸 선영이 해내는 거다. 메가 파이어~!

근데 이런 것까지 내가 어떻게 아느냐고?

세상에 영원한 비밀이 어디 있겠나. 1급 군사기밀도 통제가 풀리는 판에.

20년쯤 지나면 다 나오게 돼 있다. 알음알음 퍼지는 얘기도 있고.

"아씨, 오랜만에 나왔더니 졸라 좋네. 졸라 좋아~~."

신나는지 나재호가 기지개도 켜며 소리 질러 댔다.

"야! 말 좀 얌전히 해라. 질 떨어지게. 니가 그런 거 너네 엄마는 아냐?"

"당연히 모르지 자식아. 알면 이렇게 나올 수 있었겠냐?"

"하여튼 엄마들은 자식을 진짜 몰라요. 내 새끼 우쭈쭈 할 줄만 알았지 사상이 어떤지 전혀 검증을 안 해."

"내 사상이 어때서? 이게 아주 웃겨. 순수한 날 오염시킨 게 누군데."

"오염? 지가 좋아서 달려들어 놓고. 야! 난 그냥 놀았을 뿐이라고."

"놀았을 뿐이라고?"

"그래 인마. 난 미끼를 던진 것뿐이라고. 걸린 게 바보지."

"뭐야? 내가 물고기라도 된다는 거야?"

의외로 금방 씩씩댄다.

요즘 정체성에 문제가 생겼나?

그만 놀릴 때였다.

이 녀석이 순둥순둥에 웃는 상이라도 열 받으면 또 다르다.

얼른 화제를 돌렸다.

"어! 도착했다. 빨리 내려. 너 안 놀 거야?"

"……놀아야지."

"빨리 나와 인마. 시간 다 가겠다."

"안 되지. 그건 안 되지."

나랑 옥신각신하는 것보다 파티장에 들어가는 게 훨씬 더 기쁨을 나재호가 왜 모를까.

유감을 잠시 누르고 얼른 내리는 녀석을 데리고 서둘러 연회장에 올라갔더니.

후아~.

"요것들 봐라."

내가 없는 사이 아주 재미나게 노시고들 자빠졌다.

Chapter 20. 인류애적 보편적 사랑

원래 이런 자리가 있었는지는 내 기억에 없었다.

나재호가 여길 참석했는지도 나는 모르겠다.

워커힐 연회장을 이렇게 써도 되는지도 사실 오늘 처음 알았다. 최태훈이 이런 사람인지도 물론이고.

"아주 생난리네."

"대길아. 원래 파티가 이런 거였어?"

"아니야. 새꺄. 엉뚱한 거 머릿속에 넣지 마. 괜히 나대다가 망신당한다."

"그럼 이건 뭔데? 인마."

"개판이지. 개처럼 놀라는 개판."

"그럼 좋은 거 아냐?"

"가서 놀아 자식아. 폭력만 쓰지 말고. 뭐 안 써도 알아서 덤비긴 하겠다만."

"유후~ 가 볼까."

바람처럼 달려 나가는 나재호를 보고 있노라면 살짝쿵 불안감이 몰려들지만 뭐 어쩌겠나. 난 초대의 주체도 아니고 초대받은 사람도 아니다.

그냥 한 귀퉁이에 쌍 박혀 있다가 끝나는 순간 돌아가면 그만.

"근데 여기가 그랜드 룸이야? 샤파이어 룸이야? 나이트야?"

근본이 헷갈린다.

격식 있는 연회장으로 쓰일 공간에 사이킥이 번쩍이고 회전등이 마구 돌아간다. 스테이지엔 천 쪼가리로 몸을 두른 여자들이 춤을 추고 색색들이 현란한 빛이 또 그들을 하나하나 쫓았다.

그뿐인가.

테이블마다 술병이 가득한데 남녀 상관없이 삼삼오오 모여 퍼붓길 주저하지 않는다. 이미 끈적이게 얽히고 있었다.

쿵쾅쿵쾅.

쿵쾅쿵쾅.

"요란하네."

팝이든 가요든 듣보잡의 리듬을 마구 나빌레라 하는 DJ도 자세히 보니 어디서 본 것 같았다. 틀림없이 연예인일 거다. 그리고 보니 군데군데 아는 얼굴들이 많았다. 가수에 탤런트에 영화배우, 심지어 미스코리아까지.

미모 좀 있다는 것들은 죄다 불려 온 모양이다.

"이거 웃기는 새끼네. 곧 결혼할 놈이 이래도 되는 거야?"

주최자는 최태훈이다.

그리고 그의 상대는 다른 누구도 아닌…… 자그마치 보통 사람의 딸이다.

후환이 두렵지 않나?

"설마…… 반항이야?"

사랑이 없는 결혼은 싫다고.

이렇게라도 파투내고 싶다고.

싶다고.

싶다고…….

그 순간 20m 상공에서 사이클링 회전하던 오함마가 내 머리로 쿵 떨어졌다.

"아, 아아…… 그렇구나. 데릴사위."

왜 여태 본질을 보지 못했을까.

이 결혼은 힘의 균형이 완전히 무너졌다.

세기의 결혼?

웃기는 소리.

당사자 입장에선 인생을 저당 잡히는 거였다.

"사랑도 아니고 의리도 아니고. 살아 봤자 뻔한 스토리."

이십 대의 혈기왕성한 청년이 이걸 참을 수 있을까?

이해된다.

심정적으로 감정적으로 충분히 이해한다.

근데 보통 사람 딸은 왜 이 젊은이와 결혼한다고 했을까? 그녀도 아버지를 이길 수 없었던 걸까? 설마 최태훈을 좋아한 건가?

갖은 상념이 돌아다녔지만 그래도 결론은 하나였다.

대세는 거를 수 없다. 이미 유공이 선영의 품으로 들어왔다. 더구나 상대는 그 유공을 다시 뺏을 수 없는 최고 권력자.

그 순간 이 장소가 살얼음처럼 위태로워 보였다.

"씨벌, 어디선가 지켜보고 있는 거 아니야?"

주변을 돌아보았다. 특별한 건 보이지 않으나 이 대한민국에서 그의 시선을 피할 존재가 있을까?

없다. 그러니까 알 거다. 알 텐데…….

"아는데 왜? 설마…… 알면서도 모른 체한 거야?"

왜?

"더럽네. 이것마저 이용하겠다는 거야?"

이제야 이곳이 무사한 이유를 알 것 같았다.

본래라면 군부대든지 경찰 열 개 중대라든지 안기부 요원이라도 들이닥쳐 개박살을 내 놓아야 했겠지만.

그러지 않았다. 그러지 않아서 아마도 최 회장은 이 일로 인해 청와대에 들어가야 할 것이다. 흡족할 만한 선물 보따리를 들고.

"너도 참 불쌍하네. 싫은 걸 왜 싫다고 말을 못 하니? 네 아버지는 아버지고 너는 너 아니냐? 이러고서 나중에 딴살림 차리는 건 좀 아니다 싶다."

최태훈의 결혼생활은 순탄치 않았다.

집권기엔 나름대로 충실하나 보통 사람 임기가 끝나고 또 그가 법정에 서자마자부터 얘기가 많이 달라진다. 그리고 선영이 잘나가면 잘나갈수록 그 거리는 더욱 벌어지고.

결국 잘못된 결혼이었다.

"어떡하겠어? 선대끼리 짜고 치는 판에 올린 말인데. 가라면 가고 오라면 와야지. 그래도 너흰 나은 편이다. 정점의 달콤함이라도 맛보잖냐. 젠장."

흔한 버드와이저나 하나 까서 제일 구석 귀퉁이에 앉았다.

희한한 건 이 순간에도 제일 먼저 뛰어놀고 제일 먼저 난리쳤어야 할 내 심장이 미동도 않는다는 거였다. 예쁜 여자를 봐도 귀한 술을 봐도 역시 시큰둥이다.

"너도 신통하네. 대길아, 왜 그러니? 혈기와 열정을 쏟을 곳을 찾았다는 거야? 그래도 너무 변하면 재미없다. 적당히 즐길 줄도 알아야지."

말은 이렇게 한다만 집에 두고 온 침대가 차라리 더 그리운 게 솔직한 심정.

"이상하네. 무라타 히로나한테는 안 그랬잖아. 이젠 금역으로 진도 빼지 않으면 느낌도 주지 않겠다는 거야?"

그녀와의 썸씽.

결국 내 오해였고 내 발바리 근성이었음이 판명됐지만, 그녀가 숙일 때 보인 앙가슴은 진실로 멋졌다. 참고로 무라타 히로나는 촌수로 내 외숙모였다.

모를 일이었다.

지금 나는 내가 생각해도 좀 이상했다.

담담한 마음. 달통한 마음?

사람이 갑자기 건전해질 리는 없을 테고 더 큰 쾌락을 알아 버린 건지 희한하리만치 꿈쩍도 안 한다. 어색할 정도로.

"알 수가 없네. 하나도 재미없어."

놀기 싫다는데 억지로 달리긴 싫었다.

"근데 내일 송추계곡은 갈 수 있을까?"

오히려 그게 더 기대되는 건 내가 정말 건전해졌다는 증거일까? 아님, 안 해 본 것에 대한 호기심일까.

미치겠네.

그냥 여기 앉아서 조용히 맥주나 끼적이며 시간을 보내야겠다고 생각하는데.

"야! 여기 있으면 오또케?!"

나재호가 빽 소리를 지르며 날 찾았다. 이 자식 벌써 몸이
흔들흔들한다.

"왜 인마."

"씨바, 졸라 찾았잔어."

"그니까 왜?"

"인사해야쥐. 형한테 너 왔다고 말했오."

"넌 마시지도 못하는 술을 얼마나 퍼마신 거냐? 들어온
지 1시간이 됐냐? 3시간이 됐냐. 벌써부터 혀가 꼬이면 어떡
해?!"

"아, 씨. 주는데 오똑하냐. 마셔야지. 졸라 예쁜 애가 주는
데."

"엄마 걱정 안 되냐?"

"또 엄마. 엄마. 엄마 얘기 좀 그마해. 씨발아. 난 더 마실
꼬야. 누가 뭐래도 다 마셔 버리 꼬라고."

"알았다. 알았어. 어디로 가면 되냐?"

"따라와 이 짜 아. 인사는 해야쥐. 그게 예의자나. 쿠쿠쿡."

"앞장이나 서라. 나불대지 말고."

뒤따라갔더니 중앙 테이블에 온갖 이쁜 것들 사이로 최태
훈이 앉아 있는 게 보였다.

근데 웃긴 건 그도 나와 비슷해 보였다.

눈을 딱 보자마자 알았다.

즐겁지 않다.

파티 주인공에 술에 음악에 죄다 이쁜 것들이 옆에 앉아
온갖 아양을 떪에도 이 자식은 전혀 기쁘지 않다. 오히려 우
울하다.

이해한다. 저당 잡힌 인생이 뭘 한들 즐거우랴.

"형, 태훈이 형, 대길이 데려왔오요."

"으응?"

그제야 시선이 나랑 부딪힌다.

뭔가 살짝 놀란 티다. 자신 외 이 장소에서 유일하게 담담
한 눈길이라서일까.

개지랄 떨 목적으로 연 파티장에 어울리지 않은 인물의 출
현이라설까.

그는 놀랐고 나는 인사했다.

"오대길입니다. 처음 뵙겠습니다."

"대길이 알쥐? 나랑 사촌."

"아, 알지. 어서 와라."

"내가 씨이. 얘 데려오느라 얼마나 힘드 는데. 형! 형 아
프로 대기리랑 친하게 지내야 해. 알았쥐? 이 쉐끼. 요즘 졸
라 잘나가."

이 시기 이놈의 주량이 소주 반병인 걸 간과한 게 실수였
다.

나재호를 일단 낚아챘다.

"죄송합니다. 즐겁게 노세요. 재호는 제가 챙길게요."

"그러지 말고 한 잔 받아라. 여기까지 왔는데 내 술 한 잔은 받아야지."

"아, 예. 그럼 한 잔 주세요."

뭘 따라 주나 봤더니.

테세롱 익스트림을 통째로 들고 잔에 가득 따른다. 그리고는 자기 잔에도 가득 째리 붓더니 내 눈앞에서 털어 넣는다.

우와~.

보통 각오가 아니었다.

진짜 갈 데까지 갈 생각인 모양.

이 단순한 행동만 봐도 오늘 그가 이 자리를 연 심정이 알알이 느껴졌다.

몇 시간 지나면 내일이 오겠지만, 내일이 없는 것처럼 살겠다.

한국에 없어 미국이나 유럽이나 일본에나 가야 살 수 있는 이 고급 꼬냑 브랜디를…… 제대로 뽑아낸 명주만이 가질 수 있는 부드러운 바디감과 꿀과 시트론의 달달상큼한 맛과 향기, 목 넘김 그리고 길게 이어지는 피니쉬까지 모든 게 완벽한 이 명품 중의 명품을 크라운맥주처럼 마셔 버리겠다.

혀를 내둘렀다. 나도 꽤 미친 척 살았어도 이런 술을 저렇게 퍼마신 적은 없었는데. 그에게서 나를 능가하는 거대한 절망이 느껴졌다.

상대가 이런 각오라면 나도 예의를 갖춰야 한다. 단숨에 원샷해 버렸다.

"크어~."

"허허허, 허허허허허허허, 진짜 다 마시네. 너 좀 화끈하구나."

"감사히 잘 마셨습니다."

"그래그래, 잘 놀다 가라. 허허허허허."

호탕하게 웃는 모습마저 이리도 허탈한지.

그에게서 멀어지면서도 내 더듬이는 그를 향했다.

연민이 갔다. 그리고 나 또한 위로받았다.

세상에 나만 억울한 건 아니었구나.

아마도 그럴 것이다.

세상엔 나보다도 억울한 인생이 수도 없이 많겠지.

그걸 여태 나만 몰랐던 거고.

이거 하나 얻은 것만도 오늘의 행차는 소득이 참 많았다.

그렇게 생각했는데.

"아이, 더 마셔야 한다고~. 술이 저렇게 남았는데 어딜 가냐고…… 음냐음냐."

그냥 놓고 갈까?

간만에 내 인류애적 보편적 사랑이 마구 사그라지는 걸 느낀다.

◇ ◆ ◇

[대통령이 남북 교류와 미북 관계 개선을 위한 '민족 자

존과 통일 번영을 위한 대통령 특별선언을 발표하였습니다.
이에……]

[전국 축협 조합원 3천 명이 지금 미국산 쇠고기 수입을 반대하는 피켓을 들고 여의도에 집결했습니다. 우르과이 라운드 15개 협상 분야 중 하나인 농산물 중 미국산 쇠고기의 수입이 잠정 결정 났다는 소식에 수많은 축산인이 분개하여 여의도로 찾아왔습니다. 이에……]

[……KBS 노조는 방송 민주화와 경영진 퇴진을 위해 농성에 들어갔으며 오는 26일 전국 철도 기관사들이 전면 파업에 돌입한다고 선언했습니다.]

[국회 5공 특위가 일해재단 등 전 정부와 유착관계가 의심되는 30건을 1차 조사대상으로 삼았습니다.]

[전국도시노점상협회에서는 오는 8월 1일 고려대에서 노점상 탄압 규탄에 대한 대회를 열거라 예고했습니다.]

[전대협이 국토순례대행진 및 8·15 남북학생회담을 강행키로 했다는 소식을 알려 드립니다.]

[치안본부는 전대협의 8·15 남북학생회담을 불법 집회로 간주하고 원천 봉쇄하겠다 발표했습니다.]

[전국 22개 대학 약 6천 명의 학생이 8·15 남북학생회담 출정식 및 저지 반대 규탄 대회를 열었습니다. 지금 종로를 지나며 가두시위 중인데요. 경찰 병력이 예의주시⋯⋯.]

1988년도의 여름은 참으로 뜨거웠다.

한쪽에선 '손에 손잡고'를 외치고 한쪽에선 각기 옳다고 믿는 것, 자기 이익의 대변을 힘을 다해 외쳤다.

학생들은 남북한이 하나 될 근거 없는 꿈을 꿨고 기자들은 기레기를 양산할 소신 있는 기사를 허락해 달라 외쳤고, 미관을 이유로 강제 철거당한 소상인들은 먹고살 거리를 외쳤다.

뭔 협의회와 단체는 이렇게들 우격다짐으로 많이 만드시는지.

조그만 연관만 있어도 우르르, 이익이 있다 하면 또 우르르.

온 나라가 몰려다니며 자기 얘기로 바빴다.

"정말 공동 개최가 가능할까요?"

"가능하리라고 봐? 북한과 우리가?"

요즘은 88올림픽의 공동 개최 문제로 아주 시끄러울 때다.

"안…… 되겠죠?"

"뭐 좀 얘기하자고 하면 국가보안법을 폐기하라니 한미 동맹을 파기하라니 말도 안 되는 조건만 던지는데 되겠어?"

"그래도 이번엔 연방제까지 운운하던데요. 남북 정상회담하자고. 그것 때문에 학생들이랑 민노총에서 난리가 났잖아요. 통일될지도 모른다고."

"걔들이 내민 조건은 왜 빼? 미군 철수랑 남북 상호불가침이잖아."

"그렇…… 네요."

"되겠어?"

"안 되겠죠."

"안 되지. 차포 떼고 마상까지 치우고 만나자는 거잖아. 김일성이라면 그렇게 하겠어? 전방 사단 다 뒤로 물려 무장 해제하고 소련과 수교 끊고 중공과도 끊으라면 그 쉐리들이 끊겠냐고."

"안 하겠네요."

"통일은 없어."

"그렇게 단정 지으시면……."

"20년이 지나도 없어. 그건 내가 장담해."

"그걸 어떻게……."

"나 몰라? 나 미래에서 왔잖아."

"도련님!"

안 되는 건 안 되는 거다.

북쪽은 아쉬울 게 없고 소련도 중공도 아직 기세등등하다. 무엇이 안타깝다고 연방제니 통일이니 할까. 적화통일이면 몰라도.

"다 개소리야. 다 개소리니까 신경 끄고 내일 어디로 놀러 갈지나 정해. 이젠 거의 다 다녀서 근방에 갈 데가 없네."

"대천으로 한번 가 보시는 게 어떨까요? 거기 해수욕장이 아주 넓다던데."

기다렸다는 듯 하제필이 던진다.

옳거니.

"그럴까? 이번엔 가는 김에 한 닷새 놀다 올까?"

"좋죠."

"그러면 준비해. 내일 당장……."

"어, 잠시만요. 전화가……."

이런 타이밍에 전화라. 받는 서 실장의 뒤통수만 봐도 불안감이 엄습해 온다. 난 놀고 싶은데.

"……회장님 호출입니다."

"삼촌이?"

"계약서까지 가지고 오라는데요."

"호오, 얼마 전에 선영과 협약식까지 마쳤다더니 본격적으로 진행할 셈인가? 알았어. 일단 대천은 잠시 보류."

"네."

"그래도 준비는 해 놔. 어떻게 될지 모르니까."

"알겠습니다. 잘 다녀오십시오."

Chapter 21. 전권을 주십시오

"DGO 인베스트와 컨설팅 계약 및 추후 통신사업 전반에 대한 논의가 있을 예정으로 알고 있습니다."

뒷좌석에 타자마자 비서실장이 던진 말이었다.

차량은 익숙한 방향성으로 나아갔다. 아무래도 저번에 갔던 거기로 가는 모양이었다. 예쁜 아줌마가 있는.

"협약식은 어떻게 됐나요?"

"무사히 진행됐습니다. 양측 다 만족한 결과였습니다."

"만족했다고요? 벌써 세세한 것까지 다 정한 거예요?"

"그건 아닙니다만 일단은 한발 나아간 것에 의의를 둔 것이죠. 한 달 전만 해도 이런 일은 예상하기 쉽지 않았습니다."

"알겠네요. 자본금은 어떻게 하기로 했어요?"

"양쪽에서 천억씩 이천억을 대기로 했는데 아직 회사 이름은 못 정했습니다. 아마도 오늘 정해지지 않을까 예상됩니다."

세세한 것도 정하지 않고 덜컥 협약식만 한 줄 알았는데 금액까지 확정한 거라면 대통령 재가가 떨어졌다는 소리로 봐도 될 것 같았다.

하지만 너무 빨랐다.

청와대고 양 회장끼리도 한두 달은 더 왔다 갔다 끌 거라 생각했던 것과는 너무 의외의 속도다.

뭔가 일이 있는 것이다.

이러면 또 얘기가 달라진다.

"제가 알아야 할 일이 있나요?"

"워낙에 급작스레 진행된 터라 회장님께서도 살짝 당황하셨습니다. 무슨 이유에서인지 선영에서 일을 서두른다고 하시더군요."

"선영에서 일을 서두른다······ 진행 경과를 좀 알 수 있을까요?"

"물론입니다."

비서실장의 설명이 이어졌다.

그날 헤어진 다음부터 총력을 기울여 선영을 주시하였다고 했는데, 평온하던 선영에 변화가 감지된 건 사흘째부터였다고 했다. 비서실이 갑자기 부산하게 움직이더니 급기야 최 회장이 청와대까지 은밀히 들어갔다 왔다는 소리까지 듣는 순간 내가 그를 멈췄다.

"그거였군. 선물로 사용했어."

"네?"

"아니에요. 이젠 됐어요. 도착할 때까지 좀 쉴게요. 그래도 되죠?"

"네, 알겠습니다."

역시나 보통 사람은 최태훈의 일탈을 알았다.

이튿날이든 바로 다음 날이든 아무것도 모르는 최 회장에게 뜬금없이 전화 한 통이 날아갔을 것이다.

난 지난밤 당신 아들이 한 짓을 잘 알고 있다.

다음부턴 자진모리장단으로 돌아간다.

노발대발하는 척 화들짝 놀라 허둥대는 척 이리 뛰고 저리 뛰고 왔다 갔다 아이쿠 넘어졌네.

그러나 빨리 달래지 않으면 후환이 큰 종류의 꼬투리였다. 어설픈 위로로는 오히려 더 큰 분노를 일으킬 사안이었고.

최 회장은 뭐가 좋을까 고민했을 것이다. 이참에 회사에 도움이 되는 선물이면 더 좋을 테고.

'기간망 사업을 대신 해 주겠다고 했겠어. 수천억이 들지도 모를 사업을 자신들의 손으로 대신 해 주겠다고. 보통 사람도 당연히 흡족했겠지. 그 예산을 올림픽에 쏟으면 좀 더

호화스럽게 개최할 수 있고 그만큼 자기 주머니도 불어날 테니까.'

빠르게 진행되던 전국망 개통 사업이 올 5월부터는 그렇지 않아도 더욱 본격 진행 중이었다. 아직 15만 회선에 불과한 삐삐를 몇 년 안에 300만 회선으로 끌어올린다는 거창한 계획이 심의에 통과됐으니까.

'이걸 대신 해 준다고 했으니 남은 예산을 어디로 써야 옳을까. 아주 기분 좋겠어. 막대한 예산이 소리 소문도 없이 사라지는데 누구도 몰라. 한번 맛을 봤으니 분명 그냥 넘기지 않을 거야. ……하여튼 재주도 좋단 말이야. 쓸 돈은 참 많은데 쓴 돈은 보이지 않고. 이 조그만 땅덩이 어딘가에 묻어 둔 건 아닐 테고.'

아주 도둑놈들 천지였다. 이놈도 저놈도 눈에 보이는 놈들 모두가 도둑놈이다.

도둑놈들의 땅 대한민국. 그중에서도 예산 움직이는 놈들이 가장 큰 도둑놈들이고 거기에 기생해 사업하는 놈들이 둘째 도둑놈들이었다.

매년 세금만 모이면 짝짜꿍되어 어디에다 쓸까 고민하는 척 야금야금 갉아먹는다. 뒤꽁무니로 노나 갖기 바쁘다.

웃긴 건 그럼에도 대외적으로 칭송받는다는 거다. 국가 발전과 민족 번영을 위한 역군으로 포장돼 나중엔 정치판에도 나온다. 그놈들이 또 그런 놈들을 키운다.

악순환이다. 양의 탈을 쓴 늑대들이 판을 친다. 이런 걸 내버려 두고 나라가 멀쩡히 돌아가길 바라는 게 차라리 도둑놈 심보였다.

그래서 미리 국민에게 고한다.

이참에 기생 늑대들을 다 쓸어버릴 거라고?

아니다. 나도 그 탈을 쓸 것이다.

별 뜻은 없다. 큰돈을 먹으려면 그 탈을 쓰는 수밖에 없으니까.

차 운전하다가 갑자기 총 맞고 뒈지지 않으려면, 영화 보다가 칼침 맞고 죽지 않으려면, 밥 먹다 피 토하고 죽지 않으려면. 방법이 없었다. 같이 어울려야 놈들도 내가 기생 늑대인 줄 안다.

삼청당에 도착하니 이번엔 당주가 직접 문 앞까지 나와 나를 마중하였다.

이 아줌마는 옷과 액세서리만 달라졌을 뿐 여전히 고운 미소와 우아한 자태로 나를 또 유하헌으로 안내했다.

들어가니 의외의 인물이 한 명 더 앉아 있었다.

최태훈. 선영가 비운의 왕자가 이 자리에 함께하였다.

"어서 오게."

"어서 오너라."

"여긴 내 아들일세. 태훈아, 너도 인사하거라."

"두 번째 뵙습니다. 오대길입니다."

"반가워요. 나도 두 번째네요."

"둘이 아는 사이냐?"

"아시잖아요. 그날…… 재호랑 같이 왔었습니다."

"오오, 그래?"

최 회장이 날 보는 눈길이 은근하다.

무슨 의도인지 뻔해 선을 그어 주었다.

"30분 정도 있다가 나왔습니다. 일행이 너무 취해서요."

"오오, 그렇나? 그래도 안면을 텄다고 하니 좋군. 어서 이리로 와서 앉게."

"감사합니다."

앉자마자 기다렸다는 듯 요리가 들어오고 접시가 바뀔 때마다 뻔한 담소를 나누며 자투리 시간을 때웠다.

오늘도 역시 밥이 입으로 들어가는지 코로 들어가는지 젠장.

다들 어찌나 이토록 위선적인 대화들을 이토록 즐기시는지. 체할 것 같았다.

할 수 없이 조용히 눈 감고 귀 닫으며 부드러운 거로만 골라 조금씩 오래 씹었다.

적당히 식사가 끝나자 예쁜 병에 담긴 청주가 들어왔는데 확실히 술이 들어가니 분위기가 조금 좋아졌다.

웃음도 많아졌고 수다도 늘었다.

"그래, 자네. 은사가 누구신가?"

"은사 말씀이십니까?"

대뜸 묻길래 깜짝 놀랐다.

갑자기 웬 은사?

"그렇다네."

"고진남 선생님이십니다."

둘러댈 말이 없어 얼른 고3 때 담임 이름을 꺼냈다.

그러자 최 회장이 갸웃댄다.

"고진남? 처음 들어 보는 이름이로군. 어디 대학인가? 외국 쪽인가?"

"아······."

여기에서 최 회장이 나에 대해 뭔가 큰 착각이 있음을 깨달았다.

얼른 말해 줬다. 오해가 더 커지기 전에.

"저 고졸입니다."

"고졸?"

"올해 졸업하고 놀다가 미국 유학이나 다녀올까 재던 중이었습니다. 물론 그것도 이것저것 하느라 바빠 치워 둔 상태고요."

"허어······ 자네가 정말 고졸이라는 건가?"

"하하하하하, 최 회장님. 제가 놀랄 일이 좀 많다고 말씀드렸지 않습니까? 아하하하하."

삼촌은 뭐가 그리 재밌는지 배를 잡고 웃는다.

"저도…… 재호랑 같이 왔길래 한국대는 다니는 줄 알았는데."

최태훈까지 어안이 벙벙해지니.

나도 이런 것도 검증해야 싶었으나 더 확실히 못 박는 거로 방향을 잡았다.

"저 고졸 맞습니다. 영학고 48회 졸업생. 이번에 재호랑 같이 졸업했습니다."

"진짜인가 보군. 허어……."

한숨이 얼마나 깊은지 최 회장의 숨결이 내 자리까지 당도하였다.

뜨겁고 알콜 향이 깊게 배인 그것이 내 팔에 닿는데, 불쾌했다.

글로벌 시대로 갈수록 학벌이 대세라고 하더라도 그러니까 기업 총수의 자제라도 검증되지 않은 인력이라면 승계 자체에 의문표를 보내는 시대이고 또 그런 시대가 올 테지만 막상 대놓고 당하다 보니 좀 너무했다는 생각이 들었다.

"제가…… 고졸인 게 문제가 됩니까?"

"아니, 아닐세. 문제 될 건 하나도 없지. 다만 추후 자네 말에 권위가 서지 않을 거라는 게 내 걱정일세."

손사래 치면서 말도 안 되는 안부를 던진다.

나도 여기까진 인정하였다.

"그런 말씀이시라면 저도 잘 알고 있습니다. 앞으로 경영

승계에 학벌은 필수일 테니까요."

"맞네. 아주 잘 파악하고 있군."

"그렇죠. 이미 명문대 학사나 MBA도 어느새 기본 사양이 되는 중입니다. 앞으론 아이비리그 졸업장과 그 대학원 졸업장까지 따는 게 거의 정석코스가 될 겁니다. 그것 없이는 승계 얘기가 아예 안 될 때가 오겠죠."

"그렇게 잘 아는 이가 어째서 아직 고졸인가? 자네 머리라면 한국대 정도는 충분히 가능할 텐데."

"맞습니다. 물론입니다. 다만 이 자리에서 변론을 드린다면 거기에 제 머리를 쏟았다면 저는 지금 여러분들과 식사하지 못했을 겁니다."

"으음…… 그게 그렇게 되나?"

"나온 김에 하나 더 말씀드려도 되겠습니까?"

"하게."

"시장이 개방되고 외국인 지분이 날로 높아져 가는 이때 주먹구구식 경영권 승계는 어느새 옛날이야기가 돼 버렸죠. 인정하십니까?"

"그…… 렇겠지."

"이뿐입니까? 상속세와 더불어 앞으로 강력하게 규제될 순환출자 때문에라도 오너는 자꾸만 줄어들 지분에 대해 고민하게 될 겁니다. 자식에게 더 물려주고 싶은데 이것저것 떼 가고 나면 경영권 자체가 흔들린다. 학벌이 비록 검증에 필요한 요소임은 저도 인정합니다만 오너가 볼 미래는 더더욱 삼엄해진 상속이겠죠. 얘기 나온 김에 지분구조부터 확고히 해 놓으시길 추천드립니다. 준비는 빨리할수록 좋겠죠."

"이런……."

흔히들 이렇게 말할 수도 있겠다.

돈이 그렇게 많은데 왜 학벌에 목매느냐고.

하지만 이 질문은 하나만 알고 다음을 모르기에 하는 소리다.

간단한 예시를 들어 보자.

어떤 집단이 있고 거기 구성원 모두가 대졸인데 자기 혼자만 고졸이라는 가정을 해 보라.

보호받을까? 아님, 무시당할까?

필수 액세서리는 필수기 때문에 무서운 거였다. 돈을 생존에 필요한 이상으로 가지게 된 사람 심리가 그렇다. 명예, 권위, 영광, 품위 같은 것들을 찾게 돼 있다.

그런 가운데 홀로 고졸이라면?

그리고 다른 기업 후계자들이 엄청난 학벌을 쌓아 놓았다면?

능력을 의심받는 건 둘째 치고 채권자들이 이 상황을 어떻게 생각할까?

당장 들고 일어날 게 뻔했다. 검증도 안 된 후계자에게 경영권을 넘기는 건 승계가 아니라 세습이라고.

재벌이 학벌에 목을 매는 건 다른 이유에서가 아니었다.

지들도 살려고 발버둥 치는 거다.

"우리가 자준의 심기를 건드린 모양이군. 어쨌든 충고는 달게 받겠네. 헌데 자네도 그대로 갈 생각은 아니겠지?"

"아니죠. 전에는 필요 없어 방치했는데 사업체를 운영하다 보니 프로필에 한 줄 적을 타이틀의 중요성을 실감할 수 있었습니다. 올해 한국대에 입학할 생각입니다. 물론 졸업은 모르겠지만."

"호오, 그 한국대 자리를 미리 봐 놓은 것마냥 말하는군. 자신 있나?"

"뜻이 있는 곳에 길이 있지 않겠습니까?"

"좋은 말이군. 자자, 이제 화제를 돌리겠네. 얼추 분위기도 조성된 것 같으니 이제 본론으로 들어갈까 하는데 자네 생각은 어떤가?"

이 씨발이⋯⋯.

지금껏 내가 얼마나 많은 얘길 했는데⋯⋯.

그걸 고작 아이스브레이킹용으로 썼다는 얘기다.

속에서 부글부글 끓지만, 영업장에는 언제나 젠틀맨이 나간다.

"그 전에 미리 짚고 넘어가고 싶은 게 있습니다."

삼촌을 봤다.

무슨 말이냐는 듯 그가 고개를 끄덕였다.

"협약서에 도장 찍은 것은 알고 있는데 세부적인 사항에 관해 결정된 게 있습니까?"

"아직 없다. 큰 틀에서만 합의 봤다."

"큰 틀이라면 자본금 부분에서만이로군요."

"맞다. 나머지는 아직 미결이다. 회사 이름도 정하지 않았어."

"갈 길이 멀군요."

"그렇겠지."

삼촌의 인정에 이번엔 최 회장을 봤다.

"단도직입적으로 여쭈겠습니다. VIP께 무엇을 약속하셨습니까?"

"큼……."

"파티장에서 깨달았습니다. VIP께서는 아직 선영에 바라는 게 많다는 걸요. 아무래도 전 건에 대해 손해감을 느끼시는 것 같았습니다."

"손……해감! 무슨 근거로 그런 말을 하는 거지?"

"근거야 뻔하죠. 파티를 그대로 내버려 두셨잖습니까. 나이트처럼 쿵짝쿵짝 대는데 심장이 다 서늘해지더군요. 명분 참 좋지 않습니까? 예비 사위의 일탈. 사돈으로선 당당히 화 내도 될 일이지요."

"허허허, 허허허허허허허~ 이것 참…… 내 할 말이 없군. 빠르긴 참 빠르다. 맞네. 내 이 자리에까지 와서 숨기진 않겠네.

자네 말이 맞아. 이 녀석이 아주 좋은 빌미를 줬어. 각하께선 진노를 표현하셨네."

"빨리 진화하라는 제스처였겠죠. 혹 국제그룹 얘기를 꺼내던가요?"

"직접적이진 않지만, 뉘앙스는 풍기셨네."

"남 일이 아니네요."

슬쩍 본 최태훈의 표정이 급격히 어두워졌다.

이런 종류의 빗댄 지적은 아버지한테 직접 혼나는 것과는 차원이 다른 아픔이었다.

더구나 진짜로 큰일 날 뻔했다.

별일 아닌 것처럼 얘기했지만, 자칫 선영 자체가 주저앉을 뻔한 일.

보통 사람이 조금 더 나갔다면 개털처럼 털려 어딘지도 모를 지방 기업으로 돌아갈 뻔했으니까. 재계서열 5위인 선영이 진짜 그 꼴 날 뻔했다.

"재산의 절반이라도 털어야 할 상황이었어요."

"맞네. 자네가 말한 그 기간망을 내가 대신 해 주겠다고 하지 않았다면 기둥뿌리가 흔들릴 뻔했어."

"대신 한국이동통신을 달라고 했나요?"

"그게 있어야 가능한 사업이 아니겠는가. 잠시 고민하셨지만, 어차피 민영화할 계획이라 하셨네."

"그 말 하시면서 좋아하셨습니까?"

"흡족해하셨으니 여기 우리가 술이라도 한잔하는 게 아닌가. 허허허허허."

화기애애하게 풀어진 것 같지만 난 우선 최 회장에게 먼저 고개를 숙였다.

"다소 불쾌하셨어도 이해해 주십시오. 저로선 반드시 확인해야 할 사안이었습니다."

"이해하겠네. 자, 이제 자네 차례네. 나처럼 보따리를 한번 풀어 보시게. 사실 허락받고 막상 진행코자 하니 그 보따리가 참 궁금하더군. 도대체 무엇이길래 향후 이 사업의 성패까지 좌우한다는 건지."

"……."

얼굴은 환히 웃지만, 눈은 전혀 안 웃는다.

협박이었다. 마음에 들지 않으면 지금 이 순간에도 틀어버릴 수 있음을, 만일 장난이라면 절대로 가만두지 않겠음을, 내 뒤엔 보통 사람이 있음을. 소리장도의 묘리로 내 목을 겨눈다.

'지랄. 같잖은……'

내 눈엔 철 지나고 때 지난 투정으로밖에 보이지 않았다. 마지막 남은 자존심 정도?

대답하는 대신 살짝 무시해 주며 난 삼촌을 다시 봤다.

그도 궁금한지 내게 시선을 보내고 있었다.

"그럼 본격적으로 일을 진행시키리라 믿고 저도 같은 마음

가짐으로 임하겠습니다. 여기에 대해선 두 분 다 이의 없음
으로 판단하겠습니다. 동의하십니까?"

"이의 없다."

"이의 없네."

"……."

"그럼 나 회장님께 정식으로 요청드리겠습니다."

"뭔가?"

"제게 이 건에 관한 전권을 주십시오."

〈2권에 계속〉